光文社文庫

文庫書下ろし／長編時代小説

不忠

鬼役 十三

坂岡　真

光　文　社

この作品は光文社文庫のために書下ろされました。

目次

※巻末に鬼役メモあります

幕府の職制組織における鬼役の位置

- 将軍
  - 大老（臨時で置かれる）
  - 老中
  - 京都所司代
  - 側用人
  - 大坂城代
  - 寺社奉行
  - 奏者番
  - 若年寄
    - 書院番頭
    - 小姓組番頭
    - 林大学頭
    - 小普請奉行
    - 西丸留守居
    - 百人組頭
    - 新番頭
    - 目付
    - 徒頭
    - 小納戸
    - 奥右筆組頭
    - 表右筆組頭
    - **膳奉行**
    - 賄頭
    - 小石川御薬園預
    - 鳥見
    - 大坂定番

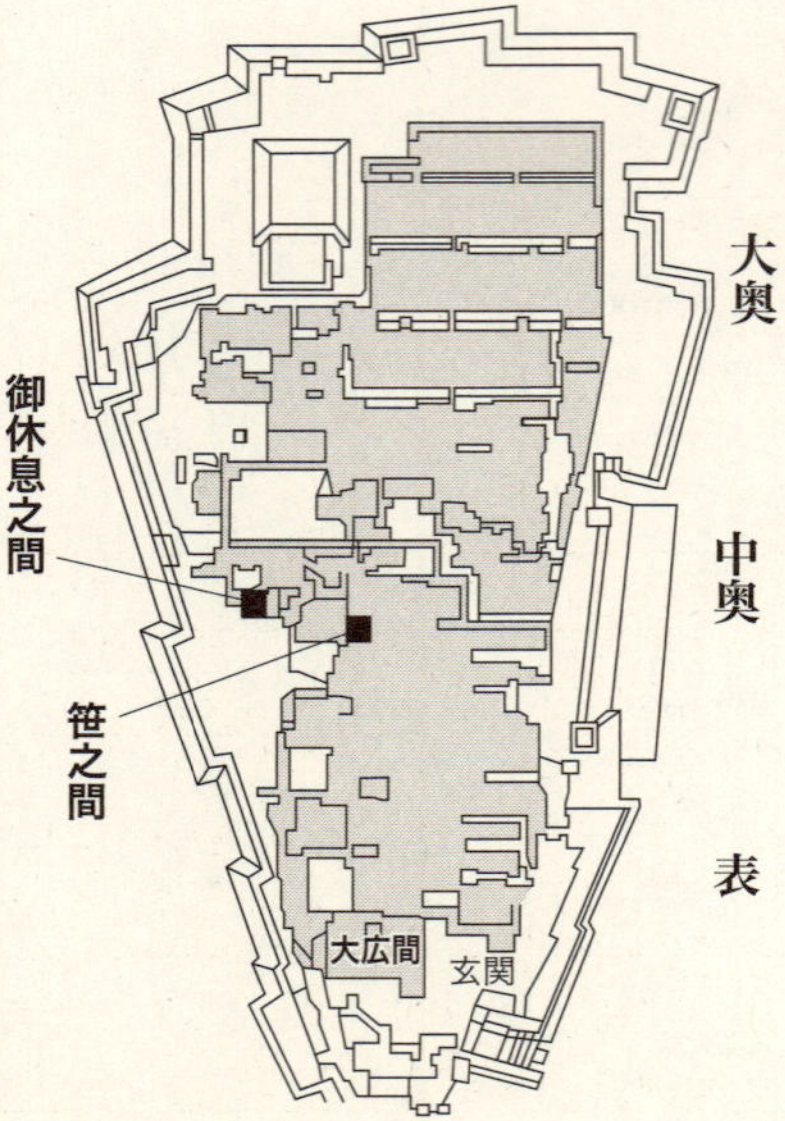

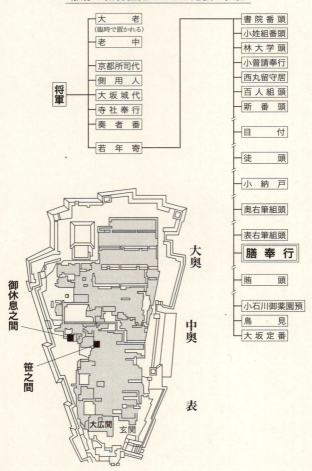

鬼役はここにいる!

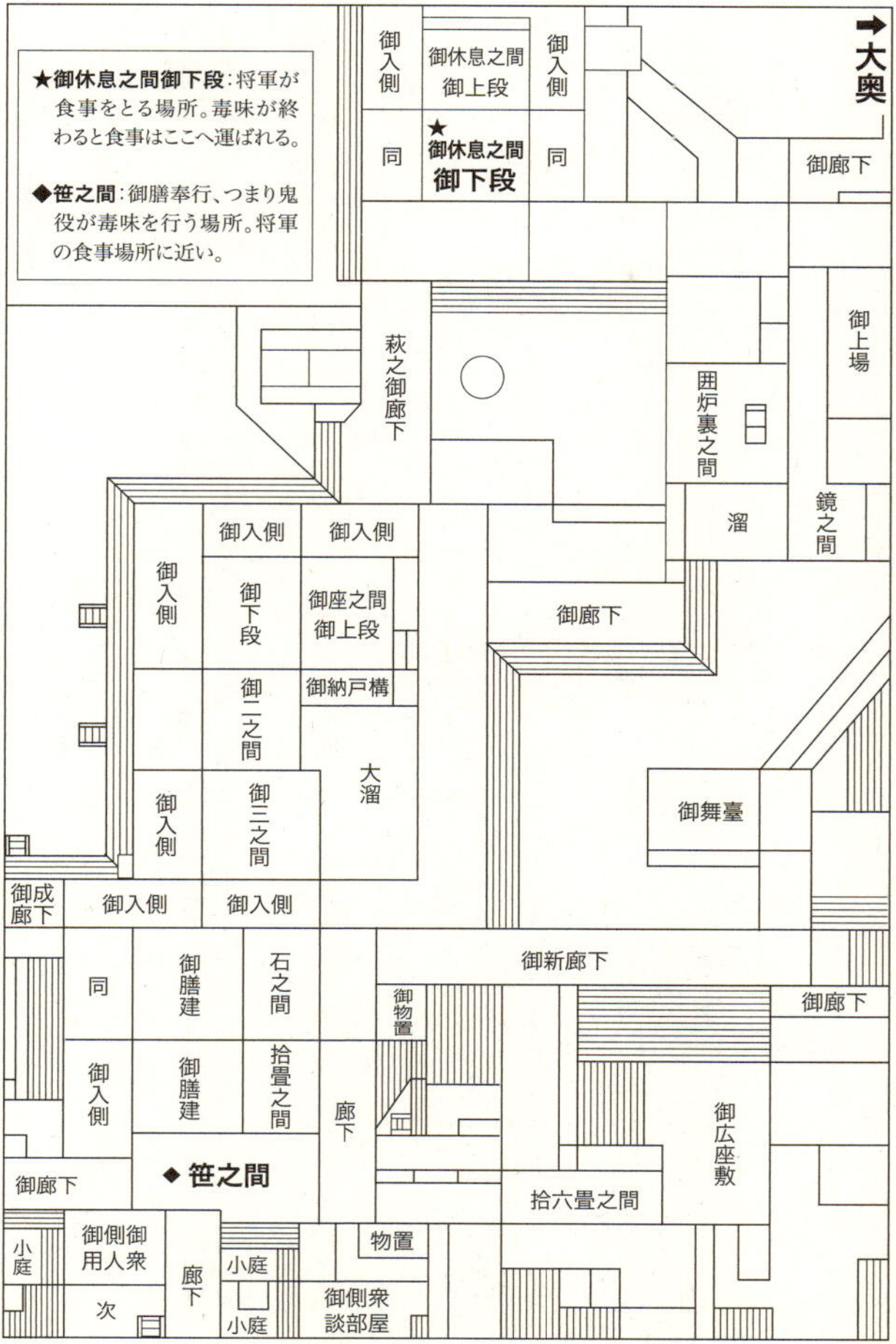
★御休息之間御下段：将軍が食事をとる場所。毒味が終わると食事はここへ運ばれる。
◆笹之間：御膳奉行、つまり鬼役が毒味を行う場所。将軍の食事場所に近い。
→大奥
御入側
御休息之間
御上段
御入側
同
★御休息之間
御下段
同
御廊下
萩之御廊下
御上場
囲炉裏之間
溜
鏡之間
御入側
御入側
御入側
御下段
御座之間
御上段
御納戸構
御二之間
大溜
御入側
御三之間
御廊下
御舞臺
御成廊下
御入側
御入側
御新廊下
同
御膳建
石之間
御物置
御廊下
御入側
御膳建
拾畳之間
廊下
御広座敷
御廊下
◆笹之間
拾六畳之間
御側御用人衆
小庭
廊下
小庭
物置
次
小庭
御側衆談部屋

主な登場人物

矢背蔵人介……将軍の毒味役である御膳奉行。またの名を「鬼役」。お役の一方で田宮流抜刀術の達人として幕臣の不正を断つ暗殺役も務めてきたが、指令役の若年寄・長久保加賀守に裏切られた。その後、御小姓組番頭の橘右近から再び暗殺御用を命じられている。

志乃……蔵人介の養母。薙刀の達人でもある。

幸恵……蔵人介の妻。徒目付の綾辻家から嫁いできた。蔵人介との間に鐵太郎をもうける。弓の達人でもある。

鐵太郎……蔵人介の息子。いまは蘭方医になるべく、大坂で修業中。

卯三郎……納戸払方を務めていた卯木卯左衛門の三男坊。わけあって天涯孤独の身となり、矢背家の養子となる。

綾辻市之進……幸恵の弟。真面目な徒目付として旗本や御家人の悪事・不正を糾弾してきた。剣の腕はそこそこだが、柔術と捕縄術に長けている。

串部六郎太……矢背家の用人。悪党どもの臑を刈る柳剛流の達人。長久保加賀守の元家来だったが、悪逆な遣り口に嫌気し、蔵人介に忠誠を誓う。

土田伝右衛門……公方の尿筒持ち役を務める公人朝夕人。その一方、裏の役目では公方を守る最後の砦。武芸百般に通じている。

橘右近……御小姓組番頭。蔵人介のもう一つの顔である暗殺役の顔を知る数少ない人物。若年寄の長久保加賀守亡きあと、蔵人介に正義を貫くためと称して近づき、ときに悪党の暗殺を命じる。

鬼役 十三

不忠

相番《あいばん》の娘

一

――どん、どん、どん。

雪雲に覆われた師走《しわす》の空に、登城を促す太鼓の音が響いている。

昨夜から降りつづいた雪で、江戸市中は白一色に塗りかえられた。

千代田《ちよだ》城も櫓《やぐら》や御門の屋根という屋根が真っ白になり、大手《おおて》御門前には出仕する者たちの足跡が無数に繋《つな》がっている。

憲法黒《けんぽうくろ》の裃《かみしも》を纏《まと》った本丸御膳《ほんまるごぜん》奉行の矢背蔵人介《やせくらんどのすけ》は背中を少し丸め、足早に大手御門を潜りぬけた。

正面の下乗橋前で止まった網代駕籠《あじろかご》から、白足袋《たび》の殿さまが降りてくる。

津軽《つがる》塗りの黒漆棒に金泥《こんでい》で描かれた家紋は牡丹《ぼたん》、壮年の殿さまは弘前《ひろさき》藩十万石を治める津軽左近《さこん》将監《しょうげん》順承《ゆきつぐ》公であろうか。

十数名の供人《ともびと》は下乗橋前で半数に減り、駕籠を離れた大名一行は大手三ノ御門から中ノ御門を通って中雀《ちゅうじゃく》御門へ向かう。

番方《ばんかた》精鋭の詰める百人御番所も八方正面の富士見《ふじみ》三重櫓も白い衣を纏い、それは見事な光景であったが、供人たちは最後の関門である中雀御門の手前で待機を余儀なくされた。

殿さまはたったひとりで石垣に囲まれた雁木《がんぎ》石段を上り、真鍮《しんちゅう》の化粧金具で飾られた御門を潜りぬけ、表向きの玄関まで歩いていかねばならない。

行く手には雄壮華麗な御殿が立ちはだかっていた。

大勢の家来を抱える万石大名であっても、登城の際は例外なく、みずからの卑小さを痛感する。徳川幕府の権威をいやが上にもみせつけられ、今将軍の偉大さに平伏したくなる。それこそが諸国の大名を千代田城に出仕させる目途《もくと》のひとつであったが、一介の毒味役にすぎぬ蔵人介には関わりのないはなしだ。

津軽公につづいて中雀御門を通りぬけ、表向きの玄関へは向かわずに右脇から中《なか》奥《おく》の御台所《おだいどころ》口へ進む。

途中の御納戸《おなんど》口は老中《ろうじゅう》や若年寄《わかどしより》といった重臣たちの出仕口なので、充分に気を配らねばならない。

案の定、渋い色の裃を着たふたりの人物が御納戸口の陰で立ち話をしていた。

こちらに顔を向けているのは、元方《もとかた》御納戸頭の乙山弥左衛門《おとやまやざえもん》にまちがいない。

十間《けん》（約十八メートル）以上も離れているため囁《ささや》き声は聞こえぬものの、蔵人介は瞬時に唇を読むことができる。

「例のものはまだか」

と、乙山は相手に問いかけていた。

つぎの瞬間、蔵人介はおもわず目を伏せてしまう。

乙山が「間に合わねば、ひとがひとり死ぬことになろう」と囁いたからだ。

読唇《どくしん》を後悔しつつ、ふたりに会釈をしながら通りすぎる。

悪意の籠《こ》もった眼差しを感じた。

乙山の話し相手は、大手御門脇の下勘定所《しもかんじょうしょ》に詰める油漆《うるし》奉行であろう。

奉行と言っても、役料は百俵にすぎぬ。

姓はたしか、杉下《すぎした》であった。

名まではわからない。

何しろ、下勘定所には百人からの算盤《そろばん》役人が詰めている。

蔵人介は関わりを持つまいと決め、御膳所へ通じる御台所口の敷居をまたいだ。

「矢背さま、おはよう存じまする」

声を掛けてきたのは、若い湯方御家人《ゆかたごけにん》だった。

湯方御家人とは御膳所小間使衆《こまづかいしゅう》のひとつで、役目は読んで字のごとく竈《かまど》の湯を沸かすことだ。その御家人は元気者で知られており、誰にでも気兼ねなく挨拶をする。日頃から好もしくおもっていたので、蔵人介はめずらしく笑みを返した。

ほかの者が気づけば「鬼役どのが笑った」と、驚かれるにきまっている。

城内で蔵人介の笑顔を目にすることは、晦日《みそか》に月を探すよりも難しいからだ。

将軍家毒味役は死と隣り合わせの役目、それゆえに「鬼役」と呼ばれていた。命懸けの代償はたった二百俵の俸禄にすぎず、誰もが敬遠したくなる役目ではあったが、洛北《らくほく》の故郷を捨てて幕臣となった矢背家の先祖は敢えて茨《いばら》の道を歩むことを決め、毒味役を家業に選んだ。

女系なので代々養子が家を継ぎ、亡くなった先代信頼《のぶより》も蔵人介も八瀬衆《やせしゅう》の血を引く養母の眼鏡《めがね》にかなって矢背家の当主となった。

――毒味役は毒を啖《くろ》うてこそのお役目。河豚《ふぐ》毒に毒草に毒茸《きのこ》、なんでもござれ。

死なば本望《ほんもう》と心得よ。

蔵人介は日に何度となく先代の教えを唱え、黙々と箸を動かす。

死を覚悟している者は、容易に喜怒哀楽を面《おもて》にあらわさない。

表情が乏しいのは、役目がら致し方のないことであった。

履き物を脱ぎ、濡れた足を拭いて新しい足袋を履く。

師走の城内は忙《せわ》しない。

公方家慶《くぼういえよし》の側近くに仕える小姓《こしょう》や小納戸《こなんど》たちは、白い息を吐きながら中奥内を所狭しと走りまわっている。

廊下は冷えきっているので、御小納戸頭取《おこなんどとうどり》や御小姓組番頭《おこしょうぐみばんがしら》などのお偉方は襖《ふすま》を閉めたまま出てこようとせず、御側用人《おそばようにん》や老中《ろうじゅう》の部屋へ向かわねばならぬときだけ、鬼のような形相《ぎょうそう》で脇目も振らずに廊下を渡る。

鬼役の詰める笹之間《ささのま》は、御膳所にほど近い。

蔵人介は部屋にはいり、後ろ手で襖を閉めた。

火鉢ひとつない部屋は、いつもながら寒々としている。

しかし、この部屋こそが自分の居場所なのだとおもった。

じつは、ほんの半月前、大坂湊《おおさかみなと》から樽廻船《たるかいせん》に便乗して江戸へ舞いもどってきた。

御小姓組番頭である橘《たちばな》右近《うこん》に命じられ、尾張《おわり》から京へ正体不明の刺客を追う探索の旅へとおもむいたのだ。

蔵人介は幕臣随一と評される田宮《たみや》流居合《いあい》の遣い手でもあり、裏にまわれば奸臣《かんしん》成敗の密命を帯びている。橘の期待どおり、尾張では藩主斉荘《なりたか》公の命を救い、京においては幕府転覆を目論《もくろ》む強大な敵の陰謀を阻んだ。矢背家と縁の深い八瀬《やせ》の里へも導かれ、みずからの出生に関わる秘密も知ることとなったが、ふた月におよんだ旅も今からおもえばうたかたの夢、すべてはあるかなきかの出来事に感じられ、気づいてみれば以前と変わらぬ日常に舞いもどっていた。

定日定刻に登城し、公方家慶が口にする御膳の毒味をおこなう。

家業の毒味御用に矜持《きょうじ》を持ってのぞんでいるからこそ、過酷な情況におかれても自分を見失わずにいられるのだ。

反対側の襖が開き、小納戸の配膳方が申し訳なさそうに頭を下げた。

「矢背さま、中食《ちゅうじき》のお毒味にござりまするが、仕度に少々手間取っております。今しばらくお待ちを」

「ふむ」

「ご相番《あいばん》は桜木《さくらぎ》兵庫《ひょうご》さまであられますな。またぞろ、刻限遅れにござりましょうか」

応じもせずに黙っていると、およそ鬼役らしくもないでっぷり肥えた桜木が騒々しく踏みこんできた。

「いや、まいった。何せ、この雪でござる」

小納戸はつまらぬ言い訳に顔を曇らせ、襖際から消えてしまう。

「じつは、めでたいはなしがござってな」

桜木は座るなり身を乗りだし、さも嬉しそうに喋《しゃべ》りはじめた。

「聞いて驚かれるなよ。御小納戸頭取の美濃部播磨守《みのべはりまのかみ》さまより、直々に縁談をすすめられたのじゃ。お相手は御納戸頭の乙山弥左衛門さまがご子息、弥一郎《やいちろう》どのでな」

乙山弥左衛門と聞いて眉をひそめたくなったが、表情には出さない。

桜木は反応のないことなど気にも掛けず、自慢げに喋りつづける。

「弥一郎どのご本人が何処からか『桜木兵庫の一人娘はたいそう見目麗《みめうるわ》しい』との噂を聞きつけ、父御の伝手《つて》を頼ってはなしを持ちこんできたのだとか。御納戸頭と申せばお役料は七百石、乙山家は家格五百石の由緒あるお家柄ゆえ、縁続きになればわが桜木家にとって祝着至極《しゅうちゃくしごく》。しかも、中奥の差配を一手に握る美濃部さまのお口利きとなれば、周囲のみる目も変わるに相違ない。されど、それがしはわざと即答を避けたのだ。その場で好餌《こうじ》に飛びつけば、浅ましいとおもわれようからな、ぬふふ」

即答できなかった理由はほかにもありそうだ。

「ご想像どおり、先立つものにござるよ。乙山家への持参金に二百両、美濃部さまへは口利きの御礼として最低でも五十両、いや、百両は用意せねばならぬ。お披露目代なぞも掛かろうし、下手をすれば五百両ほど誰かに借りねばならぬ。はは、ご安心めされ。矢背どのに借りようなどとは、つゆほども考えておらぬわ。まずは札差《ふださし》あたりに頼んでみて、目鼻がついたらご返事いたそうとおもうてな。まあ、何はともあれ、めでたいはなしゆえ、相番の矢背どのへ、まずはまっさきにお伝えせねばとおもうた次第にござるよ」

桜木が大口を開けて「ぐはは」と嗤《わら》いかけたところへ、さきほどの小納戸が漆塗りの御膳を運んできた。

「ぬほっ、きおったか」

などと言いつつも、桜木は蔵人介に毒味いっさいをまかせ、何もせずに一部始終を眺めている。

毎度のことなので、腹も立たない。「毒味で死ぬのは莫迦《ばか》らしい」と首が飛ぶような台詞《せりふ》を臆面もなく口走り、小納戸たちからも顰蹙《ひんしゅく》を買っていたが、かえって面倒なことになりかねないので、桜木に毒味をさせるつもりはなかった。

蔵人介は懐紙で鼻と口を隠し、おもむろに自前の竹箸を取るや、御膳に供された膾《なます》を摘《つま》む。

口のなかに、甘塩《あまじょ》っぱい潮の香りがひろがった。

「白魚《しらうお》にござるな」

桜木が物欲しそうな顔をする。

佃島《つくだじま》の漁師たちが四つ手網で掬《すく》ったばかりの白魚は新鮮で美味い。

しかし、毒味役に御膳の料理を味わっている余裕などはなかった。

膾だけでも、鯛《たい》に鰹《かつお》に丹後鰤《たんごぶり》、鯔《ぼら》に藻魚《もうお》に鮭《さけ》、片口鰯《かたくちいわし》の田作《たづく》りから海鼠《なまこ》にいたるまで何種類もある。さらに、汁物、煮物、焼き物と御膳はつづく。

毛髪はもちろん、睫毛《まつげ》の一本でも料理に落ちたら、叱責《しっせき》どころでは済まされない。息が掛かるのも不浄とされ、箸で摘んだ切れ端を口に持ってくるだけでもかなりの手間を要する。一連の動きをいかに素早く的確におこなってみせるかが、毒味役の腕のみせどころだった。

蔵人介は漆塗りの椀を手に取り、口許へ近づける。

薄塩仕立てに作られた吸い物の実は鴨《かも》と巻き湯葉《ゆば》、歯ごたえのある鴨肉と薄紙を重ねたような湯葉の相性は抜群だが、家慶の口にはいるころにはどうせ冷めかけていよう。

置合わせは蒲鉾《かまぼこ》とだし巻き玉子、お壺はからすみといった定番の献立にくわえて、酒好きな家慶好みの猪口《ちょく》も揃っている。海鼠を干した金子《きんこ》には生姜酢、色つき慈姑《くわい》に蕪《かぶ》の山葵《わさび》味噌和《あ》え、百合根《ゆりね》と梅びしお、数の子の芥子《からし》和えに蕗《ふき》味噌、鮎《あゆ》のはらわたを塩漬けにしたうるかまである。

一方、煮物の鉢には塩鮎と大根のせんば煮、刻んだ松茸と芹《せり》の根、一塩鯛と青昆布の胡椒《こしょう》掛け、あるいは、葛《くず》と花鰹《はなかつお》を掛けた大蕪や銀杏《ぎんなん》なども見受けられた。

これらを手際よく片づけるころには、酒に浸した塩鰤に蒸し鱈《たら》、素焼きにした鮒《ふな》のさがらめ巻きに雉子《きじ》の付け焼き、鱚《きす》の塩焼きと付け焼きといった焼き物や蒸し物の皿が供された。

汁椀から小鉢へ、小鉢から猪口へ、さらには平皿へ、蔵人介の所作は優雅で、惚れ惚れするほど美しい。

そして、最後にいよいよ、鬼役の鬼門《きもん》である真鯛の尾頭付きが運ばれてくる。

目の下三尺はあろうかという大物だが、魚のかたちをくずさずに背骨を抜き、箸先で丹念に小骨を取らねばならない。頭、尾、鰭《ひれ》の形状を保ったまま骨抜きにするのは、熟練を要する至難の業《わざ》だ。

これを難なく、蔵人介はこなしてみせる。

「ふうっ」

骨取りの終了とともに、眺めていただけの桜木が安堵《あんど》の溜息を吐《つ》いた。

嬰児《みどりご》を産みおとした母のごとき表情をしても、蔵人介は何ひとつ反応しない。

――莫迦め。

胸の裡《うち》で毒づいていた。

役目に矜持《きょうじ》を持たぬ者など、相手にしたくもないのだ。

怪しげな相手との縁談がすすんでも、余計な助言をする気はさらさらない。

やがて、御膳はすべて運びだされ、隣の温め部屋へ移されていった。

「矢背どの、さきほどのつづきじゃがな」

と、桜木は何やら楽しげに喋りかけてくる。

蔵人介はいっさい耳を貸さず、口のなかを清水で浄《きよ》めると、修験者《しゅげんじゃ》のごとく静かに目を閉じた。

数日後、蔵人介は宿直《とのい》明けの帰路をたどり、雪道と化した市ケ谷《いちがや》の浄瑠璃《じょうるり》坂を上っていった。

二

道端は凍っており、油断すれば足を滑らせてしまいかねない。

背につづく従者の串部《くしべ》六郎太《ろくろうた》は、さきほどから何度も転んでいた。

「ぬわっ」

叫んだそばから前に転び、額にたんこぶをつくりながらも笑ってごまかす。

蟹のようなからだつきなので容易には転ばぬはずだが、鍛え方の足りぬせいで足腰の粘りが失《う》せてしまったらしい。

蔵人介は養母の志乃《しの》や妻の幸恵《ゆきえ》にも裏の役目のことを秘していたが、串部だけはすべてを知っている。臑《すね》斬りを得手とする柳剛《りゅうごう》流の達人でもあり、いざとなれば頼りになる男ゆえ、尾張と京へも連れていった。本人は同じく随伴させた養子卯三郎《うさぶろう》の後見人を自負しているものの、情に流されるところが多分にあり、心を鬼にして誰かを斬らねばならぬ場面では少しばかり心許ない。

「それにしても、京のことは夢のなかの出来事にしかおもえませぬ」

串部は何度も口にした台詞《せりふ》をまた言った。

摂家《せっけ》の一角を占める九条《くじょう》家の当主が比叡山延暦寺《ひえいざんえんりゃくじ》の怪僧と計らい、とんでもないことを画策した。

近衛《このえ》家に代わって摂家筆頭となり、禁裏《きんり》の実権を握るとともに、御三家や西国《さいごく》大名をしたがえて幕府転覆を目論《もくろ》む。そのようなあり得るはずのない企てが、実行に移されようとしていたのだ。

悪夢のごとき企ての犠牲となり、近衛家に縁の深い八瀬の里は潰滅の危機に瀕《ひん》した。延暦寺の御堂に火を付けた濡れ衣を着せられ、長老をはじめ村の男たちは大勢が命を奪われたのである。

蔵人介は身をもって体験した惨状を、八瀬の里で生まれた養母の志乃に告げた。

八瀬衆は鬼を奉じる八瀬童子の末裔《まつえい》と目され、皇族の輿《こし》を担ぐ力者《りきしゃ》としての地位を築いてきた。戦国の御代には禁裏の間諜《かんちょう》となって暗躍し、かの織田信長《おだのぶなが》をも震撼《しんかん》させたという。

志乃は事情あって故郷《さと》を離れたが、八瀬衆の首長に連なる家柄に生まれた。蔵人介が惨事を伝えると、顔色ひとつ変えずに仕舞いまではなしを聞き、ひとことだけ

「ごくろうさまでした」と労《ねぎら》いのことばを漏らした。

橘右近から託された密命のことも質《ただ》そうとせず、むしろ、耳を閉じたい様子だったので、蔵人介はみずからの数奇《すうき》な運命を伝えず、志乃がどこまで知っているのか逆《さか》しまに質す機会も逸した。

だが、それならそれでかまわなかった。

輿に乗った近衛家の当主が自分と瓜ふたつであった事実も、胸にそっと仕舞っておけばよい。

串部の言うとおり、尾張や京で関わった禍々《まがまが》しい出来事は、ことごとく悪夢であったにちがいない。少なくとも今は、そうおもいこもうと懸命に努力している。

浄瑠璃坂を上ったさきには、白い真綿をかぶった武家屋敷が建ちならんでいた。御納戸町《おなんどまち》は城勤めの納戸方が多く住む界隈で、御用達を狙う商人の出入りがめだつところから「賄賂町《まいないちょう》」などと揶揄《やゆ》されている。その一角に、矢背家はあった。二百坪の拝領地に百坪そこそこの平屋、みるからに貧相な旗本屋敷だが、二百俵取りの御膳奉行には似つかわしい。

蔵人介は冠木門《かぶきもん》を潜り、雪除けのなされた道をたどって玄関の式台《しきだい》へ向かった。

迎えに出てきた幸恵《ゆきえ》は、四角四面で知られる徒目付《かちめつけ》の家から嫁いできた。

実子の鐵太郎《てつたろう》は西洋医術を学びたいと一念発起して大坂《おおさか》へ向かい、蘭方医《らんぽうい》の緒方《おがた》洪庵《こうあん》に弟子入りした。

それゆえ、改易《かいえき》となった隣家から、卯三郎を養子に迎えた。

卯三郎は九段《くだん》坂上の練兵館《れんぺいかん》で剣術を修め、家では毒味の修行をかさねている。

今時分はおそらく、練兵館で汗を流しているにちがいない。

「お戻りなされませ」

蔵人介は大小を鞘《さや》ごと抜き、上がり端で傅《かしず》く幸恵に手渡した。

刀は「鳴狐《なきぎつね》」と称する粟田口国吉《あわたぐちくによし》、山形《やまがた》藩六万石を治める秋元《あきもと》家の殿さまに頂戴した名刀である。一方、脇差のほうは、練兵館館長の斎藤弥九郎《さいとうやくろう》から「卯三郎が十人抜きを見事に成し遂げた祝いに」と譲られた。通称を「鬼包丁《おにぼうちよう》」という。

「養母上《ははうえ》はどうしておられる」

その問いを待っていたかのように、幸恵は困った顔をつくった。

「お戻りになったら、茶室を覗《のぞ》くようにと承っております」

「茶室を」

「はい。お弟子さんがおひとり、お待ちのようです」

「お弟子がか。いったい、どなたであろうな」

「お武家のお嬢さまであられますが、ご自身の目でお確かめいただきとう存じます。妙齢のお美しい方でいらっしゃいますよ」

何やら、物言いに棘《とげ》がある。

蔵人介は部屋で着替えを済ませると、さっそく、離室《はなれ》へ向かった。

茶室は雪化粧のほどこされた裏庭の片隅に、ひっそり佇《たたず》んでいる。

駒下駄を履いて雪を踏み、苔生《こけむ》した織部《おりべ》灯籠を眺めつつ、枯れ寂びた簀戸《すど》門を通りぬけた。

蹲踞《つくばい》の水で手を洗い、扁額《へんがく》に『弥勒庵』と書かれた数寄屋《すきや》の躙口《にじりぐち》へ身を差しいれる。

すると、茶葉の香が仄《ほの》かに漂ってきた。

誰もいない。

四畳半の部屋は利休《りきゅう》好みの又隠《ゆういん》で、左手が水屋へつづく茶道口、右手が客畳、正面の床の間には軸が掛かっている。軸は荒涼とした冬ざれの景観を描いた水墨画、志乃と交流のあった松江《まつえ》藩の不昧《ふまい》公から頂戴した雪舟《せっしゅう》であろう。

床柱の花入れに挿《さ》された寒牡丹が、地味な茶室に鮮烈な彩りを与えていた。

二方向に下地窓が穿《うが》たれているものの、採光はごく少量に抑えられ、主人が不在にもかかわらず、鶴首《つるくび》の茶釜だけは湯気を立てている。

すっと、茶道口が開いた。

静々とあらわれたのは、花色簪《かんざし》の似合いそうな武家娘だ。

目鼻立ちがくっきりしており、肌は透きとおるように白い。

振袖は岩井《いわい》茶の地に福をもたらす花喰鳥《はなくいどり》の吉祥文《きっしょうもん》、黒繻子《くろじゅす》の帯には金の刺繡《ししゅう》がほどこされている。

娘は点前《てまえ》畳に膝をたたみ、黙って三つ指をついた。

茶釜の蓋を取り、茶柄杓《ちゃびしゃく》で器用に湯を掬《すく》い、茶杓の櫂《かい》先に抹茶を盛る。

茶碗を温め、湯を注いで茶筅《ちゃせん》を巧みに振り、さくさくと泡立てた。

さすが志乃の教え子だけあって、所作に一分の隙もない。

眸子《まなこ》を細めた蔵人介の膝前に、すっと茶碗が置かれた。

作法に則《のっと》って手に取り、ひと口に呑みほす。

「けっこうなお点前」

神妙に発し、茶碗の底をみつめた。

志乃が大事にしている鹿《か》の子天目《こてんもく》である。

いつ眺めても見事な色調で、釉薬《ゆうやく》の変容がおもしろい。

顔を持ちあげたところへ、志乃が音も無くあらわれた。

「ご当主どの、こちらは桜木寿美乃《すみの》どのじゃ」

「桜木」

「さよう、相番の桜木兵庫どののご息女でな、縁あって半年ほどまえから、わたくしのもとで花嫁修業をなさっておられるのじゃ」

「存じませなんだ」

「ふむ、知らずともよいことなれど、こたびばかりはそうもいかぬ。寿美乃どのからそなたに、折り入ってお願いがあるそうじゃ」

「それがしにでござるか」

蔵人介にみつめられ、寿美乃は恥ずかしそうに下を向いた。

が、すぐさま、くっと面をあげ、おもいのたけをぶちまける。

「乙山弥一郎さまとのご縁談をお断り申しあげるべく、わが父をご説得願いたく存じ、お師匠さまに無理を言って今日の機会をつくっていただきました。僭越《せんえつ》なお願いとは存じまするが、何卒、わが父をご説得いただけませぬか」

「藪から棒にお願いされても、首肯《しゅこう》するわけにはまいらぬ」

そもそも、桜木とは関わりたくない。

「薄情者め」

と、志乃が吐きすてた。

「十七の娘が血を吐くような心持ちで頼んでおるのじゃ。頑迷な相番を言いくるめればよいだけのはなしではないか」

「養母上、おことばですが、桜木どのは御小納戸頭取の美濃部播磨守さまから直々に縁談を持ちこまれたのでござる。桜木家の行く末にも関わることゆえ、それがしが口を挟むわけにはまいりませぬ」

志乃は、ふんと鼻で笑う。

「御小納戸頭取がそれほど偉いのか。その美濃部何たらが口を利いた御納戸頭の子息というのが、とんでもなく性悪《しょうわる》な若造らしいのじゃ。それゆえ、寿美乃どのは嫁ぎたくないと申しておる。鳶《とんび》が鷹《たか》を産んだの喩《たと》えもあるとおり、寿美乃どのは親に似ずにようできた娘じゃ。わたくしが親代わりになりたいとおもうほどでな」

「さように仰っても、できぬことはできぬとおこたえするしかありませぬ」

頑《かたく》なに拒むと、寿美乃は蒼醒《あおざ》めた顔で何度も謝った。

「……も、申し訳ござりませぬ。わたくしが余計なおはなしを持ちこんだばっかりに、お師匠さまやご当主さまにご心労をお掛けいたしました。もう結構でござります。わたくしのことは、きっぱりお忘れください。まことに、申し訳ございませんでした」

「何とまあ、あきらめてしまわれるのか」

志乃は溜息を吐き、蔵人介はふたりから目を逸《そ》らす。

御納戸口のそばで乙山弥左衛門の唇を読んでしまったときから、厄介事に巻きこまれる予感はあった。

だが、娘の頼み事をこの場で安易に引きうけるわけにはいかない。

蔵人介は口を真一文字に結び、怒ったように湯気を立てる茶釜を睨みつけた。

三

三日後、師走十三日は煤払《すすはら》い。

年男の御老中が熨斗目《のしめ》長袴の扮装《いでたち》で出仕早々、公方の御座所《ござしょ》に叩《はた》きをかけるところから一日のお勤めは始まる。

竈のある御膳所では、五十人からの役人たちが顔を真っ黒にしながら、笹竹で煤払いをおこなった。中奥の廊下に目を向ければ、小姓や小納戸も頬被りに襷《たすき》掛けで鴨居《かもい》や欄間《らんま》の埃《ほこり》を払っている。御膳所まわりはちょっとした合戦場のごとき雰囲気に包まれ、いつも偉そうにしている御小納戸頭取なども、今日ばかりは配下たちのするがままに任せるしかなかった。

廊下の喧噪《けんそう》をよそに、笹之間では淡々と毒味御用がおこなわれている。

蔵人介は器用に竹箸を動かし、尾頭付きの骨取りを済ませたところだ。

「上首尾《じょうしゅび》にござる」

厳《いか》めしげに発する相番は、肥えた桜木ではない。

娘の寿美乃に願い事をされて以来、桜木のことが何となく気に掛かっていた。もちろん、顔にも態度にも出さず、本人に余計な忠告を与える気もまったくない。志乃に「薄情者め」と嫌味を言われても、関わるまいと固く心に決めている。

中食の毒味を済ませて部屋から出ると、何やら妙なことになっていた。

御膳所の組下たちが組頭を捕まえ、威勢良く胴上げをやりはじめたのだ。

「わっしょい、わっしょい」

煤払いを済ませたあとの胴上げは、無礼講とされている。

一年のなかで今日は唯一、上役を天井に抛《ほう》ることができる日だった。

御膳所まわりにかぎらず、城内のいたるところで胴上げはおこなわれる。

城内のみならず、市中でも物を商う店という店では、番頭や上に立つ者が奉公人たちの手で宙高く抛られていた。

常日頃の恨み辛みを晴らそうと、手ぐすねを引いている者たちもいる。

御膳所の軽輩は獲物を探して目の色を変え、土間や板の間を駆けまわった。

「こら待て、捕まえろ」

乱暴な掛け声が響きわたっている。

小姓や小納戸も、ここぞとばかりに跳ねまわっていた。

組頭を追う若い連中は目を輝かせ、悪童に立ちもどったかのようだ。

蔵人介は抛る側なので、担がれる心配はない。

捕まった者は抗《あらが》うこともできず、観念するしかなかった。

小突かれて揉みくちゃにされても、よれよれの恰好で担がれたあげくに尻を抓《つね》られても、あるいは、高々と抛られて板の間に背中から落とされても、今日ばかりは文句を言えない。

宙に抛られる恐怖はそうとうなものらしく、たいていの者は悲鳴をあげた。

「やめてくれ、後生《ごしょう》だからやめてくれ」

上役の女々《めめ》しい懇願が、軽輩たちの悪戯心をいっそう煽《あお》りたてる。

「ふはは、それ、捕まえろ」

今や、小納戸たちは最大の獲物を追っていた。

御小納戸頭取、美濃部播磨守茂矩《もちなる》にほかならない。

西ノ丸に隠居した大御所家斉《いえなり》のお気に入りで、かつて中奥を牛耳っていた中野碩翁《なかのせきおう》の後継として君臨しつづけている。公方家慶にも巧みに取り入り、中奥のこまごまとした差配を一手に引きうけていた。

御小納戸頭取は年五万両におよぶ公方の御手許金を使い、公方が使う調度品や諸大名に下賜する品々などの選定をおこなう。高価な物品の選定役だけに、一千五百石の役料以上に各所からの実入りが多い。

事実、美濃部は老中首座の水野越前守忠邦《みずのえちぜんのかみただくに》さえも遠慮するほどの大物で、気に入らぬことがあれば誰彼かまわず当たりちらす。

いつも偉そうにしているため、陰では「雪駄の土用干し」だの「癇癪虫《かんしやく》」だのと呼ばれていた。

その美濃部でさえも、捕まれば胴上げを拒むことはできない。

なぜかと言えば、それは浮かれ騒ぎの大好きな家慶の意向でもあった。

公方直々に「素直に胴上げされるか否かで人物の器量がわかる」とまで言われた

ら、軽輩どものなすがままに任せるしかなかろう。

ただし、運良く逃げのびることができれば、はなしは別であった。

美濃部は頬被りまでして軽輩に化け、蔵人介のもとへ逃げこんでくる。

「おぬし、鬼役であったな」

問われてうなずくと、両手で袖を掴んできた。

「わしのことがわかるか。わかるなら、背に匿《かくま》ってくれ。けっして、悪いようにはせぬゆえ、頼む、助けてくれ」

半泣き顔で頼まれても、首を縦に振るわけにはいかない。

蔵人介は惚《とぼ》けた顔で問いかえす。

「いったい、どなたさまであられましょう」

「わからぬのか。わしじゃ、美濃部播磨じゃ」

すかさず、大仰《おおぎょう》に驚いてみせ、ついでに大声を張りあげてやった。

「これはこれは、美濃部播磨守さまであられましたか」

小姓や小納戸がその声を聞きつけ、どっと押しよせてくる。

「おったぞ、獲物がおったぞ」

美濃部は後ろから襟を掴まれ、廊下の向こうに引きずられていった。

「鬼役め、おぼえておれ」

逆恨みされても迷惑なはなし、蔵人介は素知らぬ顔で胴上げの輪にくわわる。

「……痛っ、何をする。顔を叩くでない。手を放せ、放せと言うのがわからぬか」

往生際の悪い御小納戸頭取は駄々をこねたが、小姓たちの手で無理に立たされ、輪の中心に持ちあげられた。

御膳所の連中も駆けよってくる。

「さあ、鬼役どのも」

「よし」

若い湯方御家人に誘われ、蔵人介は袖を捲《めく》りあげた。

「みなの者、担ぎあげよ」

誰かが叫んだ。

「おう」

もはや、祭である。

「ほうれ、ほうれ」

神輿《みこし》に担がれた美濃部播磨守は、三度、四度、五度、六度と恨みの数だけ宙に舞い、そのたびに情けない悲鳴をあげる。

「うひゃっ、止めてくれ、後生《ごしょう》だから、降ろしてくれ」

抛る連中は楽しげだ。

弾けるように笑いあげ、一千五百石取りの重臣を軽々と宙へ抛る。

そして、十数回も抛りつづけ、仕舞いには蜘蛛《くも》の子を散らすように居なくなった。

「ぬわっ」

美濃部は支える者もないままに、背中を板の間に叩きつける。

凄まじい音とともに、埃が濛々《もうもう》と舞いあがった。

誰ひとり、助けようとする者はいない。

「……ぬ、ぬう」

苦しげな呻《うめ》き声がした。

だが、大怪我はせずに済んだらしい。

美濃部は何とか起きあがって腰をさすり、歯軋りをしながら部屋へ戻っていった。

これが一年の仕事納め、あれだけ痛めつけておけば、明日から少しくらいは手加減してくれるかもしれぬ。

誰もが半分期待しながら、後片付けをやりはじめた。

桜木兵庫がここに居たら、どうしていたであろうか。

板の間に寝そべって下敷きになってでも、美濃部を救おうとしたにちがいない。上の連中しか目にはいらぬ男のことだ。同輩や下の連中から白い目でみられても、よもや動じることはあるまい。

いずれにしろ、関わりを持たぬことだ。

蔵人介は部屋に戻り、黙々と帰り仕度を整えた。

四

大手御門の外では、従者の串部が首を長くして待ちかまえていた。

ここ数日は晴れ間がつづいたので、足許の雪は融けかかっている。

蔵人介は串部に誘われ、日本橋芳町《にほんばしよしちょう》の一膳飯屋へ向かった。

芳町には両替屋が多く、陰間《かげま》の巣窟《そうくつ》としても知られている。

露地裏の片隅に朱文字で『お福』と書かれた青提灯がぶらさがっていた。

外はまだ明るいので、提灯の火は灯《とも》っていない。

縄暖簾《なわのれん》を分けると、色白の女将《おかみ》がふっくらした顔を向けてきた。

「あら、いらっしゃい」

途端に、串部はまごまごしだす。

おふくに惚れているのに、拒まれるのが恐くて恋情を告げられぬ。

串部の初々《ういうい》しい一面がみられるのは、この見世を訪れたときだけだ。

おふくはかつて、吉原《よしわら》の花魁《おいらん》だった。身請けした商人が抜け荷に絡んで身代《しんだい》没収の闕所《けっしょ》となり、路頭に迷うこととなったが、裸一貫から一膳飯屋を立ちあげ、細腕一本で見世を軌道に乗せた。

粋と妖艶さを兼ねそなえたおふくめあてに、大勢の男どもがやってくる。串部もそのうちのひとりにすぎぬが、自分だけは特別だとおもいこんでいる節があった。

「何しろ、拙者をみる目がちがいまする」

「相惚《あいぼ》れだと抜かすのか」

「まちがいござりませぬ」

「ならば、恋情を打ちあけたらよかろう」

「それができれば、苦労はありませぬよ」

「ふん、あいかわらず、焦《じ》れったいやつだな」

串部をからかいながら衝立《ついたて》の内に腰を落ちつけると、おふくがさっそく熱燗《あつかん》を運んできた。

「おまちどおさま。はい、お殿さま、お注ぎいたしましょう」

おふくはくの字なりに座り、微笑みながら酌をする。

蔵人介は注がれた酒を、くっとひと息で呑みほした。

房州《ぼうしゅう》あたりの安酒だが、上手に燗はできている。

つきだしは亀戸《かめいど》大根に滝野川《たきのがわ》人参、細長く切ったものを、蜜柑《みかん》に似た九年母《くねんぼ》をすりおろして酒と混ぜた達磨《だるま》味噌に付けて食う。

かりっと、齧《かじ》った。

ほどよい酸味が、ふわっと広がる。

串部もおふくに酌をされ、ちびちびと呑みはじめた。

どことなく不服そうなのは、おふくの態度がつれないからだ。

「どうしても、殿のほうに気が向くようだな」

「仕方ござんせんよ。矢背のお殿さまは、千両役者も顔負けのおすがたなんですから」

おふくは愛想を漏らし、そそくさと居なくなる。

串部は恨めしげにその背中をみつめ、はあっと溜息を吐いた。

いつまでも色恋のはなしにつきあってもいられない。

「例の件はどうなった」

蔵人介が水を向けると、串部はわれに返った。

「お言いつけどおり、お調べ申しあげましたぞ。乙山弥一郎なる男、噂以上の性悪にござる」

「ほう」

それが聞きたくて、わざわざ『お福』に立ちよったのだ。

桜木の娘の困った顔が忘れられず、志乃にも内緒で串部を動かしていた。

「呑む打つ買うはあたりまえ、市中で刃傷沙汰《にんじようざた》を起こすことも一度や二度ではござりませぬ。聞くところによれば、喧嘩相手の暮らす家の門前に火札《ひふだ》を立ててまわったこともあったとか」

「火札を」

火を付けると脅しつける罪深い所業にほかならない。

「それが表沙汰になれば、死罪になるやもしれませぬ。されど、揉め事のたびに、そこそこ偉い御納戸頭の父親が金で始末を付けてきたのだとか」

たしかに、御納戸頭はそこそこ偉い役職であった。年間五万両にもおよぶ公方の御手許金について、勘定所から調達する役目を負っている。役目はふたつに分かれ、公方が大名旗本《だいみようはたもと》に下賜する物品を扱うのが元方御納戸、公方自身の使う物品を扱うのが払方御納戸《はらいかたおなんど》である。

乙山弥左衛門は元方御納戸の頭で、焼火之間《たきびのま》に抱え席を持ち、組頭数名と組衆数名ならびに同心数十名を配下にしたがえていた。

串部は身を乗りだす。

「徒目付の義弟《おとうと》どのにも聞いてまいりましたぞ」

「市之進《いちのしん》は何と申しておった」

「性悪な子息の噂は聞いているものの、あくまでも噂にすぎず、不行跡《ふぎようせき》の兆候は見当たらぬと仰いました」

むしろ、剣術に優《た》れているとの評があった。

「隠蔽《いんぺい》に長けているのかもしれませぬ。弥一郎が抜け目のない男だとすれば、かえって厄介《やつかい》でござるな」

親族たちの多くは、素行の悪さを知っているという。ただ、乙山家にはほかに男児がおらず、弥一郎をどうにか改心させて家督《かとく》を継がせるしかないと申しあわせているらしかった。

蔵人介は串部の乾いた唇をみつめ、ぐい呑みに酒を注いでやった。

「弥一郎は剣術を修めておるのか」

「一年ほどまえまで、下谷《したや》車坂《くるまざか》の井上《いのうえ》道場で師範代をまかされておりました」

「井上道場と申せば、直心影流《じきしんかげりゅう》の名門ではないか」

「さようにござる」

弥一郎は入門当初から優れた才を発揮し、めきめき腕をあげて道場主からも気に入られた。

「同流の秘剣である『早船《はやふね》』をも修めたのだとか」

「『早船』か」

急に屈《かが》んで斬りあげる。独特の下段青眼《せいがん》から繰りだす直心影流の秘技を誰かに聞いて知ってはいたが、目にしたことはない。

「おとなしく師範代をやっておれば、道を外さなかったかもしれませぬ」

ところが、賭け試合をやったことがみつかり、弥一郎は井上道場を破門になった。

そのことがきっかけで、生来の性悪さが露見するようになったらしい。

近頃は旗本の次男坊や三男坊を引きつれ、市中の盛り場に出没しては騒ぎを起こしていた。

「さような噂を、桜木さまのご息女も小耳に挟まれたのでござりましょう」

噂好きの桜木のことゆえ、弥一郎の悪行を知らぬはずはなかろう。だが、出世のことしか頭にないので、少々のことには目を瞑《つむ》るつもりなのだ。

「哀れなのは、娘御にござりますな。出世の具に使われ、このままでは不幸な道を歩むしかない」

「いや、不幸になるとはかぎらぬぞ。所帯を持てば、男も人が変わるやもしれぬ」

「殿、本気でそうおもわれるので」

串部は呆れた顔で酒を呷《あお》る。

「いったい、どうなさるおつもりです」

桜木の娘に同情はするが、関わりを持つ筋合いではない。

蔵人介は口をへの字に曲げ、空になった銚釐《ちろり》を摘んだ。

ちょうどそこへ、おふくが鍋を運んでくる。

「ねぎま鍋ですよ。お殿さまのお口に合うかしら」

ねぎま鍋は文字どおり、葱《ねぎ》と鮪《まぐろ》の鍋であった。鮪は「しび」と称し、死日に通じるので武士に嫌われている。庶民の魚なので、二百文も出せば一尾丸ごと買えた。

鍋に使うのは塩揉みにした鮪で、たいていは鉈《なた》でぶつ切りにしたものを売っている。脂の乗ったぶつ切りを適当な角切りにし、葱とともに塩や醬油で味付けした汁を張った鍋に入れるのだ。

たったそれだけの鍋だが、冬の一膳飯屋には欠かせぬ一品にまちがいない。

おふくは手ずから、椀に汁を掬ってくれた。

「熱々のところを、ふうふう言いながら食べる。それがねぎま鍋の食べ方ですよ」

蔵人介は、ふうふう言いながら汁を啜《すす》る。

「美味い、絶品だな」

心の底から発すると、おふくはぽっと顔を赤らめた。

「殿に惚れるなよ」

「まさか」

口を尖《とが》らせる串部にたしなめられ、おふくはまんざらでもない顔をする。

蔵人介は顔を鍋に近づけ、立ちのぼる白い湯気のなかに隠れようとした。

五

十四日の事始めから、江戸市中の寺院では歳《とし》の市《いち》がはじまる。

皮切りは深川八幡宮《ふかがわはちまんぐう》で、境内には門松、三方《さんぼう》、注連縄《しめなわ》、橙《だいだい》、御神酒《おみき》徳利などといった正月の飾り物や調度品が売られた。十五日はどこもかしこも人で埋まり、十八日に浅草寺《せんそうじ》で催される歳の市で留めを刺す。このときだけは翌日明け方まで仁王門が開放され、人々は「納めの観音」を詣でるべく、どのような荒天でも足を運び、縁起物の破魔矢《はまや》や羽子板《はごいた》を求めた。

浅草寺の本堂前では特別に大黒天《だいこくてん》開運のお守りなども出され、訪れる参詣人の行列は南は駒形《こまがた》から御蔵前《おくらまえ》通りを経て浅草《あさくさ》御門まで、西は門跡《もんぜき》前から下谷車坂町を経て上野黒門《うえのくろもん》のあたりまでつづく。

「ほんだわらと藁《わら》の匂いを嗅がぬことには年が越せませせぬよ」

志乃もすっかり江戸の年の瀬に順応し、江戸で生まれた者のような台詞を口にした。

もちろん、一家総出で浅草寺の歳の市へ繰りだす予定でいるが、今日はまだ十五日である。

寿美乃は蔵人介に願い事を拒まれても、あきらめてはいなかった。

性悪と噂される相手に嫁ぐ気はさらさらないので、みずからの存念《ぞんねん》を文にしたため、乙山弥一郎本人に宛てて届けさせたのである。それを知った父の兵庫は顔を真っ赤にして怒ったらしいが、顚末《てんまつ》がどうなったのかは聞いていない。

ともあれ、寿美乃の大胆な行動が凶事に繋がらねばよいがと願いつつ、蔵人介は淡々と毒味御用にいそしんだ。

一方、寿美乃自身はと言えば、何食わぬ顔で矢背家へ茶を習いにきた。ものに動じぬ勝ち気な性分であったが、少なからず志乃に感化されているのはまちがいない。

「たとい武家のおなごであっても、理不尽な親の命には逆らえばよいのです」

と、志乃は平気で言ってのける。

「縁談は家同士の約束事ゆえ、当人は口出しできぬのが常のはなしとは申せ、嫁いで不幸になるとわかっているのならば、きっぱり断ればよい。それでもかなわぬと申すのなら、舌を嚙むと脅せばよかろう」

そんなふうに言いはなつところなどは、まことに腹の据わった志乃らしく、十七の純真な娘なら心を動かさずにはいられぬはずだ。

寿美乃は志乃に誘われ、亀岡《かめがおか》八幡宮の門前町にある古道具屋へ茶道具を探しにやってきた。志乃の供は先代から仕える下男の吾助《ごすけ》ひとり、一見するとただの皺《しわ》爺《じじい》にしかみえぬが、身軽で強靱《きょうじん》な八瀬の男にほかならない。

吾助を随行させたのは、志乃自身が凶事の兆しを感じとったからだ。

買物にかこつけ、番町《ばんちょう》の家へ送り届けるつもりでいた。

寿美乃はそれと知らず、冬《ふゆ》という従者の娘と楽しげに茶道具を物色した。が、わざわざ買うほどの品もなかったので、四人は小半刻《こはんとき》（約三十分）ほど滞在しただけで店を出て、家路をたどりはじめた。

桜木家までは、さほど遠くない。

市ヶ谷御門を抜けて番町にはいり、右手に折れて土手沿いをしばらく進んだ土手三番丁の一角にある。

志乃が異変を察したのは、三年坂《さんねんざか》との分岐に佇む辻番を越えたあたりだった。

そこは小高い土手道で、雪はさほど積もっておらず、左手には武家屋敷の海鼠塀《なまこべい》がそそり立っている。一方、右手には枯れた柳並木がつづき、並木の下方には冷たい水を満々と湛《たた》えた御濠をのぞむことができた。

「大奥さま、待ちぶせにござりますぞ」

背後の吾助に囁かれ、志乃はうなずいた。

さきほどから、妙な気配を感じていたのだ。

暢気《のんき》にしたがう寿美乃主従は、まだ勘づいていない。

吾助を先に行かせてもよかったが、容易に済みそうにはなかった。

相手はひとりでなく、五、六人の気配が土手際に蠢《うごめ》いていたからだ。

「吾助よ、辻番所にでも行って、手頃な得物を探してきやれ」

志乃に命じられ、吾助はすがたを消した。

寿美乃主従も異変に気づき、身を強《こわ》ばらせる。

志乃はあくまでも、堂々としたものだ。

「恐がることはない。わたくしに従《つ》いてきなさい」

「……は、はい」

女三人で歩いていくと、若い月代侍《さかやき》たちが近づいてくる。

五人いた。

風体《ふうてい》から推《お》すと、旗本の穀潰《ごくつぶ》しどもにまちがいない。

「しっかり胸を張ってお歩きなさい」

「はい」

志乃は先頭に立ち、寿美乃主従を背に庇《かば》うように歩きつづける。

左右には逃れる道もなく、来た道を走って戻ったところで追いつかれるのはわかっていた。

通行人は影もない。

道が網目のように錯綜する番町は何処も同じく、人通りは少なかった。

志乃たちは目を伏せて近づき、若侍たちのすぐ脇を通りすぎた。

「待たれよ。本丸御膳奉行、桜木兵庫どのがご息女とお見受けいたす」

きんきん響く疳高《かんだか》い声に振りむけば、侍たちの後方からひょろ長い体軀《たいく》の男が乗りだしてきた。

顔色は蒼白く、吊りあがった双眸《そうぼう》は充血し、どことなく狂気を宿している。

「それがしは乙山弥一郎、あらためて素姓を説くまでもあるまい。じつは、奇妙な文が手許に届いてな。家同士で縁談話がすすんでおるというに、肝心の当人が会《お》うたこともない相手を毛嫌いしておるとか。まさか、当人の記したものではあるまい。きっと誰かが悪戯《いたずら》でやったのだろうとおもうたが、一抹の不安がござってな。ひとつ、事の真偽を確かめてみようとおもいたち、こうしてわざわざ足を運んだのじゃ」

寿美乃は恐がって、喋ることもままならない。

志乃が代わりに応じてやった。

「何をごちゃごちゃ抜かしておる。娘ひとりの気持ちを知りたいがために、強面《こわもて》の阿呆どもを引きつれてきおって。おぬしら、よほど暇なのじゃな」

手下のひとりが刀の柄《つか》に手を添えると、弥一郎はそれを制し、慇懃《いんぎん》に問うてきた。

「そちらは、どちらさまかな」

「名乗るほどの者でもないが、知りたくば教えてつかわそう。本丸御膳奉行、矢背蔵人介が養母、志乃じゃ」

「茶道のお師匠どのか」

弥一郎は小莫迦にしたように言い、がらりと口調を変える。

「ふん、怪我をしたくなければ、すっこんでおれ」

「ほう、わたくしに怪我をさせる気か」

「婆《ばば》が何を抜かす。それ以上口を差しはさむと、容赦せぬぞ」

志乃は、ふっと微笑んだ。

相手を仰《の》けぞらせるほどの凄艶な笑みである。

「乙山弥一郎、おぬしのことはようわかった。噂どおりの性悪よな。寿美乃どの、かような男のもとへ嫁ぐのは、このわたくしが許しませぬぞえ」

弥一郎が眦《まなじり》を吊りあげ、脅しつけてくる。

「婆め、すっこんでおれ。この場で犯してでも、娘はわしのものにする所存じゃ。

「何だと」

そのために、こやつらを連れてきたのだからな」
凄まじい剣幕の弥一郎に顎をしゃくられ、手下のひとりが刀を抜いた。
威嚇《いかく》するつもりだろう。
ずいと大股で近づき、頭上に刀を振りあげる。
すかさず、志乃は身を寄せ、相手の腹に当て身をくれた。
「ぐふっ」
相手は呻《うめ》き、その場にくずおれてしまう。
「あっ」
ほかの連中は息を呑んだ。
後ろの寿美乃たちも、仰天して立ちつくす。
そのとき、左手に聳《そび》える塀の屋根に人影があらわれた。
吾助だ。
「大奥さま、これを」
樫《かし》の六尺棒を抛ってくる。
志乃はこれを摑むや、頭上でくるくる旋回させた。
——ぶん、ぶん、ぶん。

凄まじい風切音が、腰抜けどもを怯《ひる》ませる。

「恥を掻きたくば、掛かってまいれ。相手になってくれようぞ」

さすが、薙刀《なぎなた》の名手だけのことはある。

若侍たちは志乃の迫力に呑まれ、誰ひとり刀を抜くことができない。

弥一郎も予想外の対応に戸惑い、どうするか判断しかねていた。

と、そこへ、辻番所のほうから番太郎たちが飛びだしてくる。

吾助があらかじめ呼んでおいたのだろう。

「どうした、何があった」

番太郎たちが駆けてくるのをみて、弥一郎は舌打ちをした。

「引きあげじゃ。今日のところは勘弁してやる」

ひとりが気絶した仲間を背負い、穀潰しどもは逃げるように去っていく。

「あれでも旗本か。嘆かわしいものよ」

志乃は樫の棒を吾助に渡し、しばらくは外出を控えるようにと寿美乃に伝えた。

六

翌十六日は諸大名や旗本に新たな任官の叙位がおこなわれる日でもあり、すでに内示を受けている者たちは朝から落ちつかぬ様子だった。

蔵人介には関わりのないはなしなので、役目を終えて早々に家へ戻ってきた。

番町での出来事を志乃から自慢げに告げられても、重い腰をあげる気はない。

徒目付の綾辻《あやつじ》市之進が御納戸町の家にやってきたのは、八つ（午後二時）を過ぎたころである。

市之進は実姉の幸恵に挨拶をし、衰えのめだつ父の様子などを伝えたあと、蔵人介とふたりになってようやく本題を切りだした。

「御納戸頭の乙山弥左衛門、油漆奉行の杉下兵部《ひょうぶ》、両者の関わりを調べてほしいとのご依頼ですが、乙山は杉下の義兄にござります。ちょうど、義兄上《あにうえ》とそれがしの関わりと同じにござりますな」

「なるほど、それで親しげにしておったのか」

蔵人介は小首をかしげる市之進にたいし、城内の御納戸口でふたりが立ち話をしていたことだけを告げた。

市之進は膝を躙《にじ》りよせ、声をひそめる。

「じつは内々のはなしにござりますが、昨日未明、下勘定所の支配勘定がひとり腹を切りました」

名は志村清三郎《しむらせいざぶろう》、油漆奉行の配下だという。

二百両ほどの公金を着服したことを文に遺していた。

「それが理由か」

「ええ、まあ」

市之進は歯切れが悪い。

志村の住まいは小石川《こいしかわ》だが、近所には藤寺として知られる伝明寺《でんみようじ》がある。

「裏手の雑木林に朽《く》ちた阿弥陀《あみだ》堂がござりましてな、志村清三郎の屍骸《むくろ》は御堂のなかでみつかりました」

市之進は役目柄、阿弥陀堂までおもむき、遺体検分をおこなった。

「遺書も読みました。筆跡が異様なほどに震えており、あれほど字の震える者がさっくり切腹できるものかと疑ったほどで」

腹には躊躇《ためら》い傷もなく、縦横十文字に裂かれていた。

「十文字に」

「はい。真横に引いたあと、すかさず、下から切りあげておりました」

「妙だな」

「やはり、そうおもわれますか」

しっかり覚悟を決めた者でも、腹を十文字に切るのは難しい。ましてや、志村は真面目一筋の算盤役人で、剣のたしなみは無いに等しいという。

「勘定所で机を並べる者たちにも聞いてまわりましたが、志村どのはたいそう気の弱い御仁らしく、勇ましい最期を遂げたことが不思議でたまらぬと、みな、口を揃えておりました」

切腹のやり方といい、選んだ場所といい、解《げ》せぬことばかりだ。

しかも、遺された家人は病がちの老いた母親がたったひとりと聞き、蔵人介は首をかしげた。

市之進も同じ疑念を抱いていた。

「一人息子の志村どのは四十を過ぎても母御のことが心配で、独り身を通しておられたのだとか」

哀れなはなしだ。老いた母親は息子に先立たれ、途方に暮れているにちがいない。

「して、目付の見たては」

「志村清三郎は母の高価な薬代を払うべく公金に手を付けたものの、罪の意識に苛《さいな》まれたあげく、腹を切るしかなかった。それが大筋にござります」

「気に入らぬ」

ひとつには、やはり、腹を切った志村が油漆奉行の配下であったということだ。

「と、仰ると」

「御納戸頭の乙山と油漆奉行の杉下が御納戸口で立ち話をしていたと申したであろう。そのとき、乙山の唇を読んだ。杉下に向かって『例のものはまだか。間に合わねば、ひとがひとり死ぬことになろう』と申しておったのだ」

「驚きましたな。乙山さまが、まことにさようなことを」

「まちがいない」

「『例のもの』とは、金のことかもしれませんね。乙山は何処からか借金をしていた。年末には返済せねばならず、公金に手を付けてしまった。上様の御手許金を扱う元方の御納戸頭ならば、できぬことではありませぬ。その穴埋めをするために、事情を知る杉下に金の工面を命じていた。万が一、金が工面できぬようなら、配下の算盤役人に公金着服の罪を着せるしかない。『ひとがひとり死ぬことになろう』

くなった」

とは、そういう意味ではないかと。事実、志村清三郎は公金着服の罪を告白して亡

突飛にも感じるが、あり得ない筋書きではない。

やはりどう考えても、蔵人介が唇を読んだ内容と志村清三郎の死は繋がっている

としかおもえぬからだ。

御納戸頭は若年寄の支配下であり、油漆奉行は老中ならびに勝手方《かってかた》勘定奉行の支

配下にある。支配は異なっても、御納戸頭は勘定所に願いでて御手許金を引きださ

ねばならぬので、役目上の結びつきは緊密だった。

勝手方の勘定所は御殿勘定所と下勘定所のふたつに分かれ、全部で五つの掛《かかり》が

ある。すなわち、御殿勘定所には各役所の諸経費を扱う御殿詰と禄米給付をおこな

う御勝手方掛のふたつ、一方の下勘定所には徴税処理役の御取箇方掛《おとりかかたかかり》、運上金な

らびに冥加《みようが》金の処理をおこなう伺《うかがいかた》方掛、郡代《ぐんだい》や代官などの帳面検査をおこなう

帳面方掛《ちようめんかた》と三つの掛があった。

五つの掛に携わる役人の数は、全部で二百人を超えている。

やはり、偶然ではあるまい。

下勘定所の伺方掛に属する志村が腹を切ったことと、志村の上役である杉下が御

納戸口で乙山に囁かれた内容を結びつけて考えないわけにはいかなかった。

市之進は喋りながら興奮してきたのか、顔を真っ赤に染めている。

「いずれにしろ、裏のからくりを探らねばなりませぬ。乙山と杉下の周囲を調べてみましょう」

「頼む」

勘定所の内部を探るのは難しかろうが、義弟が何か嗅ぎつけてくるのを期待して待つよりほかになかろう。

夕刻、蔵人介は市之進とともに家を出て、志村清三郎が切腹した場所へ向かった。

小石川にある伝明寺の裏手は雑木林に覆われており、枯れ木を分けて奥へ進むと荒れ放題の御堂が佇んでいる。

「あれが阿弥陀《あみだ》堂か」

「山狗《やまいぬ》か夜盗《やとう》のたぐいしか寄りつきますまい」

自宅に近いとはいえ、何故、志村はこのような淋しい御堂を死に場所に選んだのであろうか。

考えあぐねていると、ばさっと羽音が聞こえた。

飛びたったのは鴉《からす》だ。

一羽や二羽ではない。

空が黒雲に覆われたと勘違いするほどの数であった。

蔵人介は顔を曇らせた。

「屍骸《しがい》をみつけたのは誰だ」

「物乞いが番屋に報《しら》せました。町方同心が小銭を渡して帰したそうです」

同心たちが押っ取り刀で来てみたら、切腹していたのは歴《れっき》とした幕臣だった。

町奉行所の役人たちは迷ったあげく、寺領内の変事を扱う寺社奉行ではなく、目付のほうへ遺体検分と後始末を依頼してきたらしい。

「物乞いか」

あたりをみまわしても、それらしき人影はない。

だが、さきほどから人の気配だけは感じていた。

蔵人介は、ぼそっとつぶやく。

「御堂のなかに誰かおるぞ」

「えっ、まことにござりますか」

ふたりは大股で近づき、軋《きし》む階段を上った。

——ぎっ。

なかば開いた観音扉を押すと、筵《むしろ》にくるまったざんばら髪の男が隅っこのほうで悲鳴をあげる。

「……お、お助けを……い、命だけは」

膝を抱え、がたがた震えている。

拭きとった床の血痕が凄惨な情景を連想させた。

蔵人介はゆっくり歩みより、物乞いの目のまえに屈んだ。

「……お、お許しくだされ。ご公儀には何も……あ、あなた方のことは何ひとつ、喋っちゃおりやせん」

蔵人介は市之進と顔を見合わせる。

公儀に変事を報せた物乞いにまちがいない。

どうやら、目にしたのは志村の屍骸だけではなかったようだ。

「案ずるな。わしは御目付の配下だ」

市之進が優しげに微笑みかけた。

「正直にみたことをはなしてくれぬか。けっして、悪いようにはせぬ」

「……お、御目付のご配下」

男は濁った眸子《まなこ》を向けてくる。

すかさず、蔵人介が小銭を握らせてやった。

男はびくっとし、黄色い乱杭歯《らんぐいば》をみせて笑う。

「六人のお武家たちをみました。そのうちのおひとりが、屍骸になったお方にごぜえやす」

「もしや、志村どのは殺《あや》められたと申すのか」

「まちげえござんせん。腹を十字に裂かれたのでごぜえやす」

物乞いは間一髪で御堂から逃れたので、侍たちにみつからずに済んだ。

灌木《かんぼく》の陰に隠れ、震えながら一部始終を眺めていたという。

「五人の若侍は無残なことをしたあとも、何やら楽しげに嗤《わら》っておりやした。あの連中は人の道を外れた鬼畜にごぜえやす」

志村に手を掛けた人物はひとりらしく、物乞いはその男の特徴をはっきりとおぼえていた。

背恰好はひょろ長く、顔色の蒼白い優男《やさおとこ》であったという。

「乙山弥一郎にござりますね」

父親に命じられ、罪無き小役人が切腹したようにみせかけたのだ。

「きっと、そうにちがいない」

市之進は拳を固め、怒りで声を震わせる。

だが、物乞いの証言は白洲では通用すまい。

おそらく、支配勘定殺しは闇から闇へ葬られよう。

ふたりは物乞いから離れ、血腥《ちなまぐさ》い御堂から外へ逃れた。

「寒いな」

夕暮れの空から、風花が舞いおりてくる。

まるで、死者が何かを訴えかけているようだ。

市之進が言うとおり、志村清三郎は公金着服の濡れ衣を着せられたにちがいない。

「御家人長屋は近くです。線香の一本でも、あげにまいりますか」

「ふむ、そうだな」

蔵人介はうなずき、市之進の背につづくと、支配勘定の長屋がある御簞笥町《おたんすまち》のほうへ重い足を引きずった。

七

闇夜に雪がちらついている。

切支丹《きりしたん》屋敷の跡地から、山狗の遠吠えが聞こえてきた。

——うおおん。

あまりに悲しげで、死者の怨念が込められているかのようだ。

蔵人介は、凍えた両掌に白い息を吐きかけた。

うらぶれた御家人長屋の門柱には、白張提灯《しらはりぢょうちん》がぶらさがっている。

弔問の人影はみあたらない。

何しろ、公金着服の罪を文に遺して腹を切ったのだ。そんな支配勘定の通夜へ足を運べば、知りあいに何を言われるかわかったものではない。いまだ罪状は表沙汰にされたわけではないが、噂は広まっていたので、近所の連中や下勘定所の同僚は関わりを避けているようだった。

「薄情な連中ですね」

市之進が囁きかけてくる。

ふたりは門を潜り、開けはなたれた玄関の敷居をまたいだ。

古びた長屋の廊下にも、寒風が吹きぬけている。

「ごめん、お邪魔いたす」

声を張っても迎える者とてなく、抹香臭さだけが漂ってくる。

履き物を脱いで冷たい廊下にあがり、奥の仏間に向かった。

襖も開けはなたれており、北向きに寝かされた屍骸のそばに、老いた母親だけがぽつねんと座っていた。

まるで、死に神に生気を奪われたかのような顔だ。

「このたびは……」

と言いかけ、市之進は口を噤《つぐ》んでしまう。

老いた母親が置物にしかみえぬからだ。

黙然と両掌を合わせ、焼香を済ませた。

母親をひとり置いて去るのは忍びない。

躊躇《ためら》っているところへ、何者かの気配が立った。

玄関の敷居をまたぎ、騒々しく廊下を渡ってくる。

突如、さざ波が立った。

仏間にのっそりあらわれたのは上役の油漆奉行、杉下兵部にほかならない。

「御母堂さま、こたびは息子の清三郎どのがとんだことになり申したな。ともあれ、焼香だけはと駆けつけた次第にござる」

死んだように眸子を瞑っていた母親が、ふいに顔を持ちあげた。

ふらつきながらも立ちあがり、杉下のそばへ身を寄せていく。

「うぬは何をしにまいったのじゃ」

と、般若《はんにゃ》の形相で食ってかかった。

「組下の者を殺めておいて、よくも焼香に参ったな」

母親は聞き捨てならぬ台詞を口走った。

杉下は驚きつつも、眦《まなじり》を吊りあげて怒る。

「せっかく来てやったに、その態度は何じゃ」

「偉そうに抜かすでない。おぬしが清三郎を殺めたのじゃ。わしにはわかっておる。何もかも、すべてわかっておるのじゃぞ」

母親に襟を摑まれるや、杉下は乱暴にその手を振りほどいた。

「莫迦め、狂うたか」

呆気《あつけ》なく転んだ母親を罵倒し、杉下は足蹴《あしげ》にしようとする。

すかさず、蔵人介が割ってはいった。

「老いた母親に何をいたす」

「何じゃ、おぬしは。ん、みたことのある顔だぞ。もしや、鬼役か。名はたしか」

「矢背蔵人介だ」

「おう、そうであった。何故、鬼役のおぬしがここにおる」

「志村どのの死に疑念があるからよ」

単刀直入に言いはなつと、杉下はあきらかに狼狽《うろた》えた。

「……お、おぬし、何か知っておるのか」

しどろもどろになりながらも問うてくるので、蔵人介は怜悧《れいり》な眸子で睨みつけた。

「やましいことでもあるのか。ならば、御目付の調べに応じよ」

「御目付じゃと」

「さよう。ここに控える義弟は、徒目付の綾辻市之進だ。何なら、今ここで詮索させてもよいのだぞ」

「ふん、莫迦らしい。おぬしらに忠告しておく。余計なことに首を突っこむと、あとで吠え面を掻くぞ」

杉下は捨て台詞を吐いて踵《きびす》を返し、逃げるように去った。

気づいてみれば、老いた母親が畳に額を擦りつけている。

市之進が慌てて駆けよった。

「何をしておられる。さあ、お手をおあげくだされ」

顔をあげた母親は、懐中から書付を取りだした。

「清三郎から、これを預かっておりました。自分に万が一のことがあったら、御目付に渡してほしいと頼まれておりました」

「さような大事なものを、われわれにおみせいただけるのですか」

市之進のことばに、母親はこっくりうなずく。

「あなた方さま以外に、信用申しあげられるお方はござりませぬ。どうか、書付をお読みになり、清三郎の恨みをお晴らしくだされ」

母親はふたたび両手をつき、顔をあげようともしない。

ともあれ、蔵人介は受けとった書付を開いた。

連綿と綴《つづ》られていたのは、杉下兵部が陸奥《むつ》屋與《よ》右衛《え》門《もん》なる漆器問屋と計らって公金を騙《だま》しとったからくりである。

杉下は油漆奉行の権限を悪用し、陸奥屋から多額の賄賂を受けとっていた。しかも、ただの賄賂ではなく、公方が諸大名に下賜する津軽漆器の購入費用をごまかし、浮かせた差額分にほかならない。つまり、陸奥屋へ多めに払った公金の一部を、あとで還流させる仕組みであった。

このような巧みな帳簿操作は、発注側の油漆奉行と受注側の漆器問屋、それと御手許金の元方を統括する御納戸頭の三者が結託しなければ成りたたない。書付に乙山弥左衛門の名は記されていないものの、乙山こそが悪事を企てた黒幕である公算は大きかった。

ただし、乙山に探索の手を伸ばすには、確乎《かっこ》とした証拠が要る。

志村清三郎はまだ、証拠を摑んでいなかった。

帳簿を調べているうちに、企てに気づいたのだろう。

さらに詳しく調べを進める段階で、おそらくは杉下に怪しまれた。

まんまと先手を打たれ、公金着服の濡れ衣を着せられたにちがいない。

遅かれ早かれ、志村は口封じされる運命にあったと考えるべきであろう。

蔵人介は母親に深々と礼をし、仏間を離れて外へ逃れた。

「志村どのは乙山弥一郎から、老いた母御を殺すと脅され、遺書を書かされたのでございましょう。されど、重要な書付を母御のもとに遺しておられたのですな。その執念たるや、凄まじいものがございます」

「されど、書付一枚が白洲で通用するとはおもえぬ」

「義兄上の仰るとおり、裏帳簿の写しが添付されているわけでもございませぬからな。しばらくのあいだ、交替で杉下を張りこんでみますか」

「忙しいおぬしに、できるのか」

「ええ、どうにか」

蔵人介のことばに、市之進はしっかりうなずいた。

八

翌夕、笹之間。

乙山父子が公金着服の不正に手を染めているばかりか、役人殺しにも関与している疑いが濃厚になった。

ここはひとつ、桜木に忠告だけでもしておこう。

気乗りはせぬものの、蔵人介はそう決めていた。

宿直の相番はちょうど桜木で、夕餉《ゆうげ》の毒味御用が済むや、自分のほうから満面の笑みをかたむけてくる。

「矢背どの、何とか金の工面ができそうでな。ほれ、持参金の二百両にござるよ」

得意げに切りだされ、蔵人介は重い口を開いた。

「ちと、焦りすぎではござらぬか」

「えっ、何を仰る。年内に返答をせよと、御小納戸頭取の播磨守さまからも念押しされておるのだぞ」

「播磨守さまは、正月の餅代が欲しいのであろう」

「わかっておるわい。口利き料として百両を前倒しで寄こせと、臆面もなくお命じになられたからの。いずれにしろ、一千五百石取りのお偉方をこれ以上待たせるわけにはまいらぬ」

「娘御のお気持ちは聞かれたのか」

今宵の蔵人介は執拗に食いさがる。

桜木は不審がり、語気を強めた。

「さようなもの、必要ござらぬ。娘なんぞは桜木家を隆盛させるための、いわば道具にすぎぬのだからな」

「道具に喩《たと》えるのは、ちとひどすぎはせぬか」

「矢背どの、今宵はやけに突っかかるの。いったい、どうなされた」

「じつは、こたびの縁談について、わが養母がたいそう案じており申す」

「なるほど、茶道を教えていただいておったな」

「乙山弥一郎どののよからぬ噂を、養母も小耳に挟んでおりましてな」

桜木は猪のように鼻を鳴らし、憤然と言ってのける。

「性悪という噂くらい、わしとて知らぬではない。されど、こたびの縁談を断れば、出世の芽が無くなるのは必定《ひつじょう》。それがしは何としてでも、鬼役を離れたいのじゃ。そのためには、娘を……寿美乃を、乙山家へ嫁がせねばならぬ」

「寿美乃どのを不幸にしてでも、出世をのぞむと申すか」

蔵人介も語気を荒《あら》らげたが、桜木はいっこうに怯まない。

「ああ、そうじゃ。寿美乃は五年前に病で亡くした先妻の子ゆえ、後妻を娶《めと》ってからは何かにつけて抗《あらが》うようになりおった。ここまで育ててやった親を親ともおもうておらぬ」

「親に抗っても、大事な一人娘に変わりはなかろう」

「娘なんぞより、家のほうが大事じゃ。おぬしとて禄を食《は》む身なら、それくらいのことがわからぬはずはなかろう」

聞けば、桜木家には家を継ぐべき男児がひとりいるという。後妻とのあいだに生まれた寿美乃の弟にあたるが、年はまだ三つになったばかりだった。

「わしは出世を遂げ、家を守《も》り立てていかねばならぬ。桜木の家を存続させるために、寿美乃にも役に立ってもらわねばならぬ。それが武家に生まれたおなごのつとめというものじゃ。矢背どの、金輪際《こんりんざい》、寿美乃のことに口を挟まないでもらいたい」

取りつく島がないとはこのことだ。やはり、余計な口を挟むものではないと、蔵人介は悔やんだ。

真夜中になり、意外な人物から連絡《つなぎ》があった。

公人朝夕人《くにんちようじやくにん》、土田伝右衛門《つちだでんえもん》である。

公方の尿筒《しとづつ》持ちを役目にしている黒子だが、いざとなれば公方の命を守る最強の盾となる。

公人朝夕人こそが、橘右近とのあいだを繋ぐ役目を負っていた。

御膳所そばの厠《かわや》にわずかな殺気を感じたら、そこにはかならず、伝右衛門が控えているとおもってよい。

今宵もそうであった。

雪のちらつく厠の裏手へまわり、ふたりは暗がりに溶けこんだ。

「橘さまの命でまいったのではござらぬ。ちと、お伝えしたいことがござってな」

と、闇が囁いてくる。

蔵人介は首をかしげた。

「ほう、めずらしいこともあるものだ。情けを知らぬ尿筒持ちが、みずからの意志でまいったと申すのか」

「みずからの意志とも言いきれませぬ。こたびのこと、密命が下されるやもしれませぬゆえ」

「こたびのこととは」

「腹を切った支配勘定について、おもしろいことが判明いたしました」

「その者のことなら、市之進も調べておるぞ」

「存じております。されど、徒目付どのはどうやら、上から探索無用の命を下されたご様子」

「何だと」

睨みつけると、闇が動いた。

「殺気を放ってはなりませぬぞ。無論、命を下した上役とは、御目付である鳥居《とりい》耀《よう》蔵《ぞう》さまのことにほかなりませぬ。されど、鳥居さまに圧力を掛けたお方がござる」

「誰だ」

「御小納戸頭取、美濃部播磨守さま」

「ふうむ、美濃部さまか」

煤払いの胴上げで板の間に落とされた光景をおもいだす。

美濃部は桜木に縁談を持ちかけた人物にほかならない。

「そのことも存じております。一人娘を性悪な息子に見初められ、桜木さまもとんだ災難でござりますな。くふふ」

「おぬし、どこまで知っておる」

「志村清三郎なる支配勘定が切腹にみせかけて殺められたこと。殺められた理由と殺めた者たちについて、おおよそのことは見当をつけており申す」

「何故、おぬしが動く」

橘右近の命で美濃部の身辺を探っていたところ、支配勘定殺しのからくりに行きついたのだという。

「何故、美濃部さまを探っておったのだ」

「西ノ丸におわす大御所家斉公が、病で褥《しとね》に臥《ふ》されました」

それを内々に知った老中首座の水野忠邦が、本丸に君臨する家斉派もしくは西ノ丸派と呼ばれる重臣たちを排除すべく、秘かに動きはじめた。排除する大物のなかに美濃部もふくまれており、水野は御目付の鳥居に命じて粗探《あら》しをさせているのだという。

橘はあくまでも中立の立場だが、水野や鳥居の動きを知り、先まわりして美濃部の身辺を探るように指示を出した。

どうやら、そういった経緯《いきさつ》のようだ。

上の動きに興味はないので、蔵人介は不満げに口を尖らせる。

「ふうん、それで、美濃部さまは支配勘定殺しにも関わっておるのか」

「おそらく、関わっておりますまい。ただ、口利き料欲しさに、御納戸頭からの縁談を桜木さまに繋いだだけのことにござりましょう」

「となると、やはり、黒幕は御納戸頭の乙山弥左衛門か」

「確たる証拠はござりませぬが、そう考えれば筋は通ります」

「筋とは」

「野心旺盛な乙山弥左衛門は出世の足掛かりを得るため、美濃部さまなどの重臣方にせっせと金をばらまいてまいりました」

方々から借金をしていたようだが、高利貸しの金にまで手を出してしまい、五百両だけはどうしても年末までに返済しなければならなくなった。

「それで、御手許金に手をつけたのか」

「おそらくは」

されど、御手許金から着服したぶんについても、年末までには帳尻合わせをしなければならない。そこで、義弟でもある油漆奉行の杉下兵部に命じ、どうにか三百両については工面させた。

「漆器問屋の陸奥屋に高い漆器代を払い、御下賜の漆器類を調達する。陸奥屋は浮いた差額を賄賂として、乙山ではなく、油漆奉行の杉下のほうへ持ちこむ。金の出所をわかりにくくするための細工でござりましょう」

巧みな公金着服である。おそらく、これがはじめてのことではなかろうと、伝右衛門は言った。

「それでも、あと二百両足りない。そこで、荒っぽい手に出た」

「杉下に伺方の公金を着服させ、支配勘定の志村に罪をなすりつけた」

「たぶん、そういうことでしょう」

たった二百両のために、志村は死なねばならなかった。

「事実であれば、ひどいはなしだな」

「ついでに申しあげれば、乙山が桜木さまに縁談を持ちかけたのも、持参金目当てにござりましょう」

奇《く》しくも、持参金は二百両だと、桜木は言っていた。

しかも、工面の目途はついたという。

伝右衛門の意図は充分に伝わった。

相番の身に降りかかりつつある惨事を見逃すなと言いたいのだ。

「わしに動けと申すのか」

「無論、桜木さま次第にございます。頼まれてもおらぬのに、助けるわけにもいきますまい」

ふっと、気配は消えた。

伝右衛門の見込みどおり、早晩、橘から密命が下るにちがいない。

乙山父子を断罪することになれば、縁談をすすめている桜木の立場も危ういものとなろう。

「さて、どうしたものか」

闇を照らす月をみつめ、蔵人介は溜息を吐いた。

九

二日後、夕刻。

蔵人介は串部と小舟に乗り、油漆奉行の杉下兵部を追っていた。

杉下の乗る小舟は柳橋《やなぎばし》から大川《おおかわ》を横切って対岸へたどりつき、ちょうど本所《ほんじょ》の横川《よこかわ》に舳先を差しいれたところだ。

川面を滑る舟上には寒風が通りぬけ、吐く息も凍ってしまう。

杉下は本所二ツ目之橋《ふたつめのはし》の桟橋で小舟を降り、陸《おか》に上がっていった。

すでに、あたりは暮れかかっており、土手道をたどる役人の後ろ姿は薄闇に溶けていく。

蔵人介は杉下を見失わぬよう、串部を走らせた。

しかし、何のことはない。たどりついたさきは、すぐそばの川沿いに店を構えた商家である。

屋根看板には『漆扱い陸奥屋』とあった。

本所二ツ目之橋そばには、津軽家の上屋敷がある。津軽塗りの漆器を一手にあつかう陸奥屋は同家の御用達だけに、上屋敷の近くに店を構えているのだ。

蔵も見受けられた。

川船を使って、品物を直に運びいれるためのものだろう。

「公儀の役人を呼びつけるとは、なかなかの大物ぶりでござりますな」

串部が呆れてみせる。

陸奥屋は常日頃から、さまざまな便宜をはかっているにちがいない。

通りを挟んだこちら側から様子を窺《うかが》っていると、肥えたからだつきの月代侍が別の方角からあらわれた。

「ん」

「殿、どうかなされましたか」

「あれは、桜木兵庫だ」

「えっ、何故に相番どのが」

理由はひとつしか考えられない。

「たぶん、金を借りにきたのだろう」

串部が膝を打つ。

「縁談がまとまれば、持参金にくわえて口利き料だのお披露目代だの、何かと物入りですからな。かといって、借金が嵩《かさ》んでいる旗本に札差なんぞは易々と金を貸してくれない。貧乏な御膳奉行にしてみれば、苦しい時の神頼みにござりましょう。おっと、貧乏は余計でした」

串部は発したそばから、ぺろっと舌を出す。

蔵人介も御膳奉行であることに気づいたのだ。

従者の軽口には慣れているので、怒りも感じない。

桜木は杉下に軽くお辞儀をし、ふたりは手代に導かれて敷居の向こうへ消えた。店の脇道を凩《こがらし》が通りぬけていく。

「寒うございますな」

ぶるっと震えた串部に、蔵人介は温石《おんじゃく》を手渡した。

ふたりで交互に抱いていると、次第に温かみも消えてしまう。

半刻《はんとき》（約一時間）ほども経ったであろうか。

表口が騒がしくなり、桜木だけが見送られて出てきた。

「本日はお寒いなか、ご足労《そくろう》いただいてありがとう存じました」

慇懃な態度でふんぞり返っているのは、主人の與右衛門であろう。

桜木以上に肥えている。提灯の面灯《つらあか》りに照らされた饅頭顔には、愛想笑いを浮かべていた。

宿駕籠《しゆくかご》が一挺《ちよう》、待ってましたとばかりに滑りこんでくる。

桜木は與右衛門に手を振り、大きなからだを縮めるようにして駕籠に乗りこんだ。

「追ってみますか」

串部に誘われ、黙ってしたがう。

あとでおもえば、何かの予感がはたらいたのだろう。

低い空には、月が顔を出していた。

駕籠は軽快に走り、川沿いの道を大川のほうへと向かう。

前方の鬱蒼《うっそう》とした闇は、回向院《えこういん》であろうか。

金猫や銀猫と呼ばれる私娼たちのすがたもみえた。

異変が勃《お》こったのは、相生町《あいおいちょう》一丁目の三つ股に差しかかったときだ。

突如、辻陰から人影が四つほど躍《おど》りでてきた。

いずれも手拭いで鼻と口を覆っているものの、青く剃られた月代や身に纏った高価そうな着物から推すに、食いつめた浪人どもではない。

「去《い》ね」

ひとりが抜刀するや、駕籠かきは必死に逃げだす。

雪融けの泥濘《ぬかる》んだ道のまんなかに、駕籠だけが置き去りにされた。

閉じこめられた桜木はきっと、震えているにちがいない。

「おい、出てこい。出てこぬと串刺しにいたすぞ」

賊のひとりが怒鳴っている。

もしやと、勘がはたらいた。

乙山弥一郎とつるむ旗本の穀潰しどもかもしれぬ。

ひとりが歩みより、駕籠をどんと蹴りつけた。

横倒しになった駕籠から、桜木が転がりでてくる。

「ひっ……わ、わしに何の用じゃ」

「間抜けめ、金を寄こせ」

「金などない。わしはただの御膳奉行ぞ」

「んなことは、わかっておる。漆器問屋で金を借りたであろうが。少なくとも、懐中に三百両はあるはずじゃ。そいつを寄こせ」

「……な、何故それを」

「わかっておるのだ。四の五の抜かさず、とっとと金を寄こせ」

焦れた連中のなかには、抜刀する者もいる。

串部が蔵人介の袖をつんと引いた。

「殿、助けてやりましょうか」

「ほどほどにな」

「はっ」

柳剛流の手練《てだれ》は離れるや、たたたと素早く駆けていく。

「やれやれ」

蔵人介は眉間に皺を寄せ、のんびり追いかけた。

理不尽な仕打ちは許せぬが、桜木に関わるのは抵抗がある。

すがたもみせたくはないが、莫迦どもの仕打ちを高みの見物としゃれこんでいるわけにもいかなかった。

莫迦どもが串部に気づいた。

「うわっ、何じゃおぬしは」

「問答無用」

串部は言いはなち、穀潰し連中の輪に躍りこむや、愛刀の同田貫《どうたぬき》を抜きはなつ。

「死ね」

突きかかってきた白刃を弾き、すっと身を屈めるや、相手の臑を刈ってみせた。

「ぎゃっ」

悲鳴をあげた男が地べたに転げまわる。

「こやつめ」

ほかの三人も一斉に抜刀し、串部を取りかこんだ。

串部の背には、肥えた桜木兵庫がくっついてくる。

「相番どの、邪魔でござる。離れてくだされ」

いくら袖を振りはらっても、突きでた腹を密着させようとする。

あげくのはてには、両手を伸ばして抱きついてきた。

「覚悟せい」

二人目が斬りつけてくる。

白刃を避けると同時に、串部は桜木もろともに後ろに倒れた。

ここぞとばかりに、三人が束になって躍りかかる。

「待て」

凛然《りんぜん》と声を張りあげたのは、蔵人介であった。

いつのまにか、三人の背後にまわりこんでいる。

「うわっ、もうひとりおったぞ」

ひとりが腰を抜かしかけた。

ざっとみたところ、首領格の弥一郎はいない。

「おぬしら、乙山弥一郎の仲間か」

驚愕したのは、穀潰しどもだけではなかった。

「……や、矢背どの」

一番驚いたのは、桜木にほかならない。

握っていた串部の袖を離し、蔵人介のほうへ逃げてくる。

ひょいと躱《かわ》すと、前のめりに転んでしまった。

転びながらも媚《こ》びた笑いを浮かべ、穀潰しどもに向かって言いはなつ。

「こちらのお方を、どなたと心得る。幕臣随一の遣い手、矢背蔵人介さまなるぞ。あの世に逝きたいやつは、掛かってくるがよい」

まるで、百人力の助っ人を得た侍大将のようだ。

虎の威を借る狐ならぬ、肥えた猪豚《いのぶた》である。

若侍たちは納刀しながら後退《あとじさ》りし、怪我人を引きずって去った。

「矢背どの、危ういところを救うていただき、かたじけない」

ぺこりと頭を下げつつ、桜木は不思議そうな顔をする。

「されど、何故、かようなところへ」

「たまさか、通りかかったものでな」

蔵人介は苦笑しながら、嘘を吐くしかなかった。

十

翌日、桜木がひょっこり訪ねてきた。

助けてもらった礼がしたいという。

桜木と相前後して、娘の寿美乃も茶を習いにきていた。

妙なはなしだが、父親は娘が来ていることを知らなかった。

「いつも本人任せでな」

じつは、志乃から茶道を教わっていたことも、つい先日まで知らなかったという。

娘のことをほったらかしにして、顧《かえり》みなかったのだろう。

蔵人介は呆れつつも、とりあえずは客間に招きいれ、幸恵に命じて茶を運ばせた。

ただ、桜木は「すぐに暇《いとま》いたす」と断り、「娘には来訪を内密にしてほしい」と頭をさげた。

「襲われたことを知られたくないのでな」

別に交わす会話もなく、ふたりは黙って茶を啜った。

笹之間とは勝手が異なり、桜木はどうにも居心地が悪そうだ。

「先日襲ってきた連中、乙山弥一郎どのとは関わりがないようにおもうのだが」

そんなわけがあるまい。

弥一郎と徒党を組む連中に待ちぶせされたのだ。桜木が陸奥屋から大金を借りると聞きつけ、手っ取り早く奪ってしまおうと画策したのにちがいない。金を奪ったあとは、また借りさせればよい。そうすれば、仕度金も手にはいる。おおかた、そんなふうに考えていたのだろう。

弥一郎に命じられて穀潰しどもが動いたことなど、桜木は百も承知のはずだった。

だが、信じたくないのだ。

それは、乙山家との縁組をあきらめていない証拠でもあった。

しばらくすると、桜木は耐えがたくなったのか、重い腰をあげかけた。

「されば、そろりと」

言いかけたところへ、廊下の向こうから跫音《あしおと》が近づいてくる。

誰かがふたり、隣部屋にはいってきた。

「今日はこちらのお部屋で、少しおはなしでもいたしましょう」

志乃だ。

心持ち声を張っているように感じられる。

「さあ、お座りなされ」

「はい、かたじけのう存じます」

誘われたのは、寿美乃にまちがいない。

桜木は襖一枚隔てたこちら側で、頬を強ばらせた。

志乃は四方山話《よもやまばなし》を交わしたあと、本題を切りだす。

「縁談のほうはいかがですか」

聞かれて、寿美乃は沈黙した。

悩んでいるのが手に取るようにわかる。

溜息を吐いたのは、志乃のほうであろう。

「お父上にも困ったものですねえ。お相手のことがわかっておいでなのに、大事な一人娘を嫁がせようとなさるなんて。わたくしがどうこう申しあげるのも何ですけど、やはり、無理筋なおはなしだとおもいますよ」

「お師匠さま、父をあまり責めないでくださいまし」

「責めているわけではないけど、あなた、お父上を恨んではいないの」

「恨んでなどおりませぬ。五年前に母を失ってから、父は変わりました。ことさら明るくふるまったかとおもえば、急に落ちつかなくなり、周囲にひどく当たりちらしたりすることもありました。されど、わたしには母を失った父の悲しみがよくわかるのです。それゆえ、何をされても許してあげたかった」

志乃は余計な口を挟まない。聞き役にまわっているのだろう。

「落ちこんでいる父に後添《のちぞ》いをすすめたのは、何を隠そう、このわたしなのです」

「まあ」

「父は最初、乗り気ではありませんでした。されど、後添いになっていただいた養母《はは》は心のお優しい方で、父は明るさを取りもどしてくれました。わたしは、とてもよかったとおもっております」

寿美乃の声は途切れがちになったが、ちゃんと聞きとることはできる。

桜木は石地蔵のように固まり、じっと耳をかたむけていた。

笹之間に座っているときの軽薄さは微塵《みじん》もない。まるで別人としかおもえぬ父親のすがたに、蔵人介は眸子を細めた。

寿美乃の声が漏れてくる。

「父は幼いわたしを慈《いつく》しんでくれました。その思い出さえあれば、これからさきも強く生きていけそうな気がいたします。父は家のことを慮《おもんぱか》って、乙山家との縁組をすすめようと必死になっております。それがわかっているというのに、わたしは我《わ》が儘《まま》を申しました。父を困らせてしまったことを、今は心底から申し訳なくおもっております。乙山家へ嫁いで離れ離れになるのは淋しゅうございますが、父には養母と共白髪になるまで仲睦《むつ》まじく過ごしてもらいたく存じます」

「よう言われた。それでこそ、わたくしの弟子じゃ」

桜木はたまらず、肩を震わせはじめた。

娘の真心が伝わったのだ。声をあげずに泣いている。

「もし、その機会があれば、お父上を我が家にご招待申しあげましょう」

志乃は声を弾ませた。

「弥勒庵にお招きし、寿美乃どのが茶頭《さどう》をつとめるのですよ」

「えっ、わたしが」

「さよう。もう、充分に作法は身につけられた。あとは真心を込めて、お父上に茶を点《た》ててさしあげなされ」

「お師匠さま、ありがとう存じます」

桜木は嗚咽《おえつ》を漏らし、洟水《はなみず》まで長々と畳に垂らす。

蔵人介はその肩を抱き、部屋から音も起《た》てずに抜けだすと、玄関口まで見送ってやった。

桜木は何度もお辞儀をし、何かをおもいだしたように立ちもどると、手土産の箱詰めを押しつけてくる。

「大森《おおもり》屋の浅草海苔でござる」

「ふん、ぶざまに洟水なんぞ垂らしよって」

何度もお辞儀をする様子が滑稽すぎて、吹きだしてしまう。

桜木は驚いた。

「矢背どのがそのように笑うおすがた、はじめて目にいたす。それだけでも、足労した甲斐があったというもの」

蔵人介は笑いを引っこめ、桜木を門の外へ送りだす。

すっかり愛娘の父親に戻った相番は手を振り、鼻歌を唄いながら雪道を遠ざかっていった。

十一

二日後、笹之間。

蔵人介は夕餉の御膳をまえに、端然と座っている。

相番は桜木だ。

いつもと様子がちがう。桜木のほうが竹箸を握っていた。

蔵人介ではなく、御膳を運ぶ小納戸の配膳方たちも、しきりに首をかしげている。

いつも見届け役に徹している桜木が、みずから「毒味はそれがしに」と言いだしたからだ。

「毒味役は毒を啖《くろ》うてこそのお役目。河豚毒に毒草に毒茸、なんでもござれ。死なば本望と心得よ」

蔵人介から授かった金言を唱え、膾からはじめて汁や皿、猪口に盛られた品々まで毒味しつくし、いまや、鯛の尾頭付きに挑んでいる。

鬼門の骨取りだ。

失敗《しくじ》りは許されない。

取り損ねた小骨一本が公方の喉に刺されば、首を討たれても文句は言えなかった。

それが毒味役なのだ。繰りかえすようだが、死と隣り合わせの役目ゆえに「鬼役」と通称されている。けっして、蔑《さげす》んでいるのではない。むしろ、敬意を込めて、中奥の連中はそう呼ぶのである。

見届け役にまわった相番は、失敗《しくじ》った毒味役をその場で手討ちにしてもよいとされていた。

もちろん、手討ちにした例などないが、この部屋で毒を啖うて死んだ者はいる。

蔵人介も毒を舐《な》め、生死の狭間を彷徨《さまよ》ったことがあった。

それほど厳しい役目なのだ。

当然のごとく、あまりにひどい所作ならば、有無を言わさずに箸を取りあげるつもりでいた。

ところが、桜木は存外に器用な男だった。

ずんぐりとした指で箸を挟み、手際のよさは今ひとつだが、なかなか巧みな箸さばきをしてみせる。

正直、驚かされた。

みようみまねで、蔵人介の形をおぼえこんだという。

もちろん、目でみただけで技倆《ぎりよう》を磨くことはできない。

鴨の水かきではないが、人知れず努力を積んでいたのだろう。

桜木は息を詰め、骨取りをどうにか済ませた。

「……お、終わった」

「ふむ、申し分ござらぬ」

当初の不安も杞憂《きゆう》であった。

蔵人介ばかりか、配膳方も安堵の溜息を吐いている。

すべての御膳がさげられた直後、桜木はようやく肩の力を抜いた。

「いやはや、矢背どののご苦労がようわかり申した」

素直に漏らし、がははと大笑いする。

と、そこへ。

何者かの跫音《あしおと》が、騒々しく近づいてきた。

「桜木兵庫はおるか」

廊下で誰かに怒鳴りつけ、断りもなしに部屋の襖を開けはなつ。

鬼のような形相で乗りこんできたのは、中奥の差配を一手に担う美濃部播磨守であった。

「桜木、おぬし、ふざけておるのか。わしが口を利いてやった乙山家との縁談、いつまで返事を待たせるつもりじゃ」

桜木は狼狽《うろた》えつつも、居ずまいを正そうとする。

対座する蔵人介は微動もせず、ふたりの様子をじっとみつめた。

「うぬはわしの顔を潰す気か」

美濃部が吼《ほ》えた。

よほど、虫の居所が悪いのだろう。

「今ここで、しかと返答せよ」

上から睨《ね》めつけられ、桜木は畳に両手をついた。

「はっ、されば」

くいっと、顔を持ちあげる。

「乙山家とのご縁談、まことにもったいないおはなしではございまするが、お断り申しあげたく願い奉りまする」

「……な、な、何じゃと」

美濃部は驚愕し、顎を外しかけた。

「……ざ、戯《ざ》れておるのか。御小納戸頭取であるわしの口利きを無かったことにすると申すのか」

「お断り申しあげる理由は、乙山弥一郎どのの行状にございます。先般、町中でそれがしの娘を拐《かどわ》かそうといたしました」

「およよ……そ、それは、何かのまちがいであろう」

「いいえ、まちがいではございませぬ」

「ならば、ちとからかっただけであろう。若気のいたりとおもえばよい。それより、これは家同士の縁組ぞ。格上の乙山家と縁続きになれば、おぬしとて損はあるまい」

「播磨守さま、せっかくのおはなしにございまするが、どうか父親の願いをお聞き届けくださりませ。徒党を組んで悪さをするような輩《やから》に、大事な一人娘をくれてやるわけにはまいりませぬ」

「何と……」

美濃部は怒りで顎を震わせた。

「……お、おぬし、出世を棒に振る気か」

ふっと、桜木は自嘲する。

「出世など、疾《と》うにあきらめております。桜木兵庫、これでも武士の端くれにござりましてな、笹之間のお役目を天職とおもい、これからもなおいっそう励んでまいる所存にござる」

「許せぬ。おぼえておけ」

美濃部は吐きすてるや、どたばたと去っていった。

桜木はこちらを向き、にやりと不敵に笑う。

——ようやうた。

蔵人介は、胸の裡《うち》で快哉《かいさい》を叫んだ。

十二

七日後、師走二十九日。

昨日は歳暮、諸大名並びに諸役人は半袴《はんばかま》で出仕し、公方家慶に拝謁《はいえつ》して献上品を奉じるとともに、返しの品を下賜された。ただし、下賜された品のなかに、陸奥屋の扱う津軽塗りの漆器はひとつもなかった。

橘右近が裏で動いたのだろう。

御納戸頭である乙山弥左衛門の悪事は露見し、義弟にして油漆奉行の杉下兵部ともども断罪に処せられる見込みとなった。名誉ある切腹はみとめられず、斬首の沙汰が下されるのだ。

御納戸ならびに御勘定所の者たちが襟を正したのは言うまでもない。

なお、杉下に賄賂を贈っていた陸奥屋與右衛門も極刑になるのはまちがいなく、陸奥屋を御用達にしていた津軽家は大いに面目を失った。

面目を失ったといえば、御小納戸頭取の美濃部播磨守も同じで、調度品発注などの権限を取りあげられ、事実上、要職から外された。

これには、大御所家斉派の勢力を殺《そ》いでおきたい老中水野忠邦の意向も見え隠れしていたが、美濃部はすっかり意気消沈し、生気を失った面長の顔は萎《しな》びた茄子《なす》のごときおもむきであった。

桜木兵庫は間一髪で難を逃れることとなり、強運にあやかりたい物好きな連中が笹之間に訪ねてくることさえあった。

桜木はまんざらでもない様子であったが、幸運のそばにはかならず不運が転がっている。

乙山弥左衛門はすでに捕縛されていたが、長子弥一郎が忽然《こつぜん》とすがたを消した。

もちろん、蔵人介はそのことを知っている。

そして、失うもののない弥一郎が手の付けられぬ狂犬と化し、みずからの身に降りかかった不幸の代償を払わせるべく、闇に潜み、虎視眈々《こしたんたん》と獲物を狙っていることもわかっていた。

ひねくれた性分の弥一郎が意趣《いしゅ》を抱くとすれば、まっさきに桜木父娘の顔が脳裏に浮かぶであろう。

蔵人介の予想は的中した。

それは年の瀬も迫った節分《せつぶん》のこと、年男の老中が「鬼は外、福は内」と声を張りあげながら中奥で豆を撒《ま》いた日の午後だった。

朝方は晴れ間もみえたが、下城のころには空一面が灰色の雲に覆われていた。

桜木兵庫は自邸のある番町へ向かわず、麴町《こうじまち》五丁目の手前で左斜め前方の大横町《ちょう》へ進み、紀伊《きい》屋敷の海鼠塀を右手に眺めながら赤坂《あかさか》御門をめざした。

さらに、御門を抜けて一ツ木町《ひとつぎちょう》へ向かい、寺町の狭間をどんどん進んでいった。

――ごおん、ごおん。

夕の八つ半を報せる時の鐘が、やけに大きく聞こえてくる。

それもそのはずで、桜木のめざす坂上の円通寺《えんつうじ》は、江戸市中で時の鐘を鳴らす七ケ寺のひとつであった。

日蓮宗なので、門脇の石碑には「南無妙法蓮華経」という髭題目《ひげだいもく》が刻まれている。

赤坂御門のあたりで降りだした雪が、今は斑《まだら》に降っていた。

円通寺は桜木家の菩提寺《ぼだいじ》、今日は先妻の命日なのだ。

「ちと遅れたな」

手向《たむ》けの花を抱えている。

先妻の好きな寒牡丹であった。

ふんわり雪の積もった参道を歩き、本堂の裏手へまわる。

水桶を借りて墓石に詣ってみると、別の寒牡丹が生けてあった。

「寿美乃め、やはり、先に来ておったか」

積もる雪に映える真紅の寒牡丹は、毒々しい血の色にもみえる。

桜木が背筋に寒気をおぼえたのは、お題目を唱えた直後のことだ。

「ぬひひ、肥えた鬼役に墓参は似合うまい」

悪意の籠もる声に振りむけば、痩身の侍が立っている。

乙山弥一郎であった。

五分月代に無精髭、垢じみた着物を身に纏い、何と片腕には黒小紋の寿美乃を抱えていた。

「……す、寿美乃」

狼狽える桜木を、弥一郎は嘲笑《あざわら》う。

「案ずるな。眠らせただけだ」

「……ど、どうする気だ」

「はて、どういたそうか。ひとおもいに斬ってもよいが、それではおもしろうない。父親のみているまえで不義におよび、よがり声でも聞かせてやろうか」

「待て。わしを……こ、このわしを斬ってくれ。娘はどうか、助けてくれぬか」

「ほう。娘のために身を投げだすというのか」

三白眼《さんぱくがん》で睨めつけられ、桜木は膝を屈して石畳に両手をついた。

「このとおりだ。わしを膾《なます》に刻んでくれ」

「そのかわり、娘を助けろと」

「頼む。武士の情けとおもって」

わずかな沈黙ののち、弥一郎が小莫迦にしたような口調で言った。

「ふん、わしはな、武士など捨てた。もはや、つまらぬ矜持に縛られることもない。今まで以上に勝手放題に生きてくれようと、そう決めたのじゃ。犯したいおなごがおれば犯し、斬りたいやつがおれば血祭りにあげる。ぬひゃひゃ、今日がその門出というわけじゃ」

「……も、物狂いめ」

「聞こえぬぞ、何か言うたか」

「物狂いめ、わしがこの手で斬ってやる」

桜木は起きあがり、腰の刀に手を掛けた。

「ふふ、そうじゃ。侍らしく抜いてみせよ。ただし、わしは手強《てごわ》いぞ。おぬしの腕では掠《かす》り傷ひとつ負わすこともできまいて」

「ぬわっ」

桜木は吼え、刀を抜いた。

手入れだけは行き届いた刀が、氷柱《つらら》のように青白く光る。

「ほほう、業物《わざもの》のようじゃな。されば、おぬしを斬ったあとで、刀をわがものといたそうか」

弥一郎は寿美乃を投げすて、刀も抜かずに間合いを詰めてくる。

桜木は迫力に気圧《けお》されて後退り、先妻の眠る墓石を背に抱えた。

踵《かかと》が触れ、寒牡丹があたりにちらばる。

「されば、三途《さんず》の川の渡し賃をくれてやろう」

弥一郎は足を止め、腰の刀に手を掛けた。

と、そのときである。

墓石のあいだを疾風が吹きぬけ、ふたりの裾をさらった。

「あっ」

桜木の目が一点に止まる。

弥一郎の肩越し、十間ほど離れたところに背の高い人物が立っていた。

柿色の番傘をさしているので、表情まではわからない。

鮫小紋《さめこもん》の裃《かみしも》を纏っており、左手には水桶と手向けの花を提《さ》げている。

「ん」

弥一郎も気づき、首を捻《ひね》りかえす。

桜木がつぶやいた。

「……や、矢背どの」

まちがいない。

蔵人介は寿美乃のそばへ近づくと、番傘をさしかけ、屈んで後ろから抱きおこすや、活《かつ》を入れてやった。

「うっ」

寿美乃は覚醒し、蔵人介の顔をみあげる。

「……ど、どうしてここに」

蔵人介は問われ、静かにこたえた。

「今日が御母堂の命日と聞いたものでな」

寿美乃はすぐさま父をみつけ、対峙している弥一郎に目を向ける。

蔵人介は番傘を手渡し、後ろの墓石を指差した。

「しばし、隠れておれ」

うなずく寿美乃を残し、ふたたび立ちあがって歩きだす。

「うぬは何やつじゃ」

弥一郎が疳高い声をあげる。

「外道に告げる名などない」

蔵人介は表情も変えずに発し、刀の届く一歩手前まで近づいた。

「ふふ、わしを斬る気か」

「さよう、そのために参った」

「誰かは知らぬが、後悔するぞ」

蔵人介は、にやりと笑う。

「おぬしの修めた直心影流には『早船』なる秘技があるという。是非とも、みてみたいものだ」

「みるまえに、おぬしは死んでおろうな」

弥一郎は鯉口《こいぐち》を切った。

——すちゃっ。

抜きはなった刀は三尺に近い。

一方、蔵人介は抜かずに身構えた。

修めたのは田宮流の居合術、抜いたときが相手の死ぬときと心得ているからだ。

「おもしろい。おぬしの抜刀術がわしの『早船』に通用するか否か、ためさせてつかわそう」

勝負は一瞬、ひと呼吸のうちに決する。

「すりゃ……っ」

弥一郎は大上段に構えて迫り、ふっと面前で消えた。

唐突に身を沈め、ぐんと伸びあがって斬りつけてくる。

それこそが『早船』の真骨頂であった。

だが、伸びあがる寸前で勝負は決していた。

——ひゅん。

火の出るような閃光とともに、蔵人介の「鳴狐」が唸《うな》りをあげる。

つぎの瞬間、弥一郎の首は宙高く飛ばされていた。

「ひぇ……っ」

断末魔の叫びを残して弧を描き、五輪塔にぶつかって石畳に転がる。
胴と離れ離れになっても、生首の表情は呆気にとられたままだ。
蔵人介は血振りを済ませ、すでに刀を鞘に納めていた。

十三

師走晦日、弥勒《みろく》庵。
鶴首の茶釜が湯気を立てている。
華やかな振袖を纏った寿美乃は茶釜の蓋を取り、茶柄杓で器用に湯を掬った。
茶杓の櫂《かい》先に抹茶を盛り、温めてあった茶碗に湯を注いで茶筅《ちゃせん》を巧みに振る。
さくさくと泡立てる仕種《しぐさ》も堂に入っていた。
緊張の面持ちでみつめる父の膝前に、すっと天目茶碗が置かれる。
兵庫は作法に則って茶碗を手に取り、恐る恐る口許に近づけた。
わずかに躊躇《ためら》ったのちに茶碗をかたむけ、ひと口に呑みほす。
「けっこうなお点前」
器を褒めるでもなく、にっこり微笑んだ。

寿美乃は恥じらうように、ぽっと頬を赤らめる。

茶会を企てた志乃は隣部屋に控え、蔵人介だけが見守り役として立ちあっている。

昨日、寿美乃はすんでのところで難を逃れたが、心に受けた痛手はけっして小さなものではなかった。弥勒庵でしばし静かなときを過ごし、みずからを明鏡《めいきょう》止水《しすい》の境地に導くことこそが肝要であった。

「矢背どの、感謝申しあげる。このご恩は生涯、忘れませぬぞ」

じつをいえば、桜木は内々に役目替えの沙汰を受けていた。

長らくつとめた毒味役を解かれ、大坂定番《おおさかじょうばん》の御鉄砲《おてっぽう》奉行を申しつけられたのだ。禄高三百俵ほどの者が任命される持高勤めの役目だが、遠国《おんごく》勤めを数年おこなった者の多くは江戸へ戻されたあと、そこそこの出世を遂げる。

桜木は念願がかなったにもかかわらず、どことなく浮かない顔をしていた。

「それがしは、本気で鬼役をまっとうする気でおったのだ」

押しも押されもせぬ鬼役になるべく、蔵人介から毒味作法のいろはを教わるつもりだったという。

「世の中とは、そういうものよ」

蔵人介は言ってやった。

「それに、ひとことだけ申しておけば、人には向き不向きがある。正直、おぬしは鬼役に向いておらぬ」

「ふふ、矢背どのにそこまで言われれば、あきらめもつく」

桜木は朗らかに笑い、新天地の大坂におもいを馳せた。

蔵人介は、はなむけのつもりで鐵太郎のはなしを持ちだした。

「万が一病になったら、瓦町《かわらまち》の緒方洪庵先生を訪ねてみるがよい。息子の鐵太郎が看立所《みたてどころ》におるゆえ、薬のひとつも調合してくれよう」

「まこと、それは心強いかぎりだ。のう、寿美乃」

「はい」

寿美乃は素直にうなずき、嬉しそうに微笑む。

この娘なら鐵太郎の嫁に迎えてもよいと、蔵人介はふいにおもった。

そうなれば祝言《しゅうげん》に託《かこつ》けて、幸恵ともども大坂まで顔をみにいくこともできよう。

大瑠璃《おおるり》のごとき寿美乃の美声が聞こえてきた。

「ご当主さまにも一服」

「ふむ、所望《しょもう》いたそう」

我に返って応じると、寿美乃は茶碗に湯を注ぎ、茶筅でさくさくやりはじめる。

すべては丸く収まったというべきかもしれぬ。

一時はあれほど嫌っていたというのに、蔵人介は一抹の淋しさを禁じ得ない。

相番の気持ちなど知る由《よし》もなく、桜木兵庫は誇らしげに、愛娘のたおやかな横顔をみつめていた。

大御所《おおごしょ》死す

一

天保十二年正月三日、城内大広間。

元旦からつづいた諸侯諸役人ならびに町年寄の参賀もようやく終わり、老中奉書や判物《はんじもの》の作成始めとなる判始《はんはじ》めも滞りなく済んだ。

大手と桜田《さくらだ》の両御門前には、暮れ六つより大篝火《おおかがりび》が焚《た》かれた。

「御謡初《おうたいぞ》めにござりまあす、御謡初めにござりまあす」

御門を守る番士は能太夫《のうだゆう》のごとく叫び、招じられた諸侯の気分をいやが上にも盛りあげた。

格式の高い大広間において、恒例の御謡が催されているのだ。

能舞台は白洲を挟んで南側に築かれ、正面奥の鏡板には緑の老松《おいまつ》が、向かって右手の切戸口《きりどぐち》には竹が描かれていた。橋懸《はしがかり》の手前には三ノ松、二ノ松、一ノ松と三本の松が等間隔で立ち、篝火によって暗闇に映しだされた舞台が黄金に輝いてみえる。


公方家慶は大広間の上段から段差七寸の框《かまち》を越えて中段へ、さらに七寸の框《かまち》を越えて下段へ降り、仕舞いには部屋から出て南入側《いりかわ》の中央に鎮座していた。

諸侯や諸役人は少し離れた入側に侍《はべ》り、身分のさほど高くない者たちは入側下の白洲に座った。玉砂利のうえに敷物の敷かれたところもあったが、防《ふせぎ》の番士などは冷たい玉砂利のうえに座らねばならない。

頭上には満天の星空、吹きぬける風は冷たかった。

それでも、雪がちらつかないだけありがたい。

蔵人介は篝火の炎をみつめ、そうおもった。

橘右近に命じられ、防《ふせぎ》の列にくわわっている。

舞台上で順に舞うのは、由緒ある三座の能太夫たちだ。常勤の栄誉に与《あずか》る観世《かんぜ》、喜多《きた》の両流派にくわえて、年ごとの輪番とされている宝生《ほうしょう》、金春《こんぱる》、金剛《こんごう》の三座からは家慶好みの宝生流が選ばれ、太夫たちは神の化身である翁《おきな》や媼《おうな》となり、初番目物の脇能物《わきのうもの》を演じてみせた。

演目は吉例《きちれい》のとおり、和泉式部《いずみしきぶ》と京洛の鬼門を守る梅にちなむ「東北《とうぼく》」と、菅原道真《すがわらのみちざね》の御霊が祀《まつ》られた太宰府天満宮《だざいふてんまんぐう》の梅と松をことほぐ「老松《おいまつ》」と、そして、播磨国高砂《たかさご》の浦と住吉《すみよし》の浜に離れて植わる相生《あいおい》の松《まつ》に泰平の御代を託す「高砂」の三番とに定められている。

蔵人介は橋懸の揚幕《あげまく》に近い末席にいるので、顔を横に向ければ公方家慶の座す入側の様子がわかった。

中央の家慶も居並ぶ諸侯も、いつにもまして煌《きら》びやかな肩衣《かたぎぬ》を纏っている。

元日から三日つづいた参賀と異なるのは、家慶のかたわらに大御所の家斉が座していることだ。

久方ぶりの拝謁とはいえ、正直、その変貌ぶりには驚かされた。

丸々と肥えた海象《せいうち》のごとき面影は失せ、窶《やつ》れきった白髪の老爺と化している。

昨年の暮れから腹痛を訴え、寝たり起きたりを繰りかえしてきたが、今日はいつになく気分がよいらしく、御謡への着座をのぞんだのである。

これには大御所派と目される重臣たちも欣喜雀躍《きんきじやくやく》となった。

老中首座の水野越前守忠邦によって奪われつつある利権を保持するためにも、家斉の出座はありがたい。

ずらりと居並ぶ本丸の重臣たちのなかにも、家斉から重用されて今の地位に昇った連中が多くふくまれていた。もちろん、家斉に従《つ》いて西ノ丸で好き放題をかさねてきた重臣たちにしてみれば、寝首を搔こうと狙っている水野忠邦は天敵である。

家斉の出座によって溜飲《りゅういん》を下げる者も多かったが、なかでも感に堪《た》えないという面持ちでいるのは、西ノ丸御留守居《おるすい》の豊橋讃岐守忠世《とよはしさぬきのかみただよ》であった。

大奥支配の御留守居は立身出世した旗本が隠居のまえにお情けで就く閑職とみなされがちだが、讃岐守は少しちがう。本丸の奥御右筆組頭《おくごゆうひつくみがしら》から勘定奉行を経て、今の地位に落ちついた。元奥御右筆の経験を買われ、家斉から印判を預かるほどの信頼を得、大御所御手許金の捻出などに関しても何かとうるさく口を挟む。

これには実妹の豊橋が西ノ丸大奥の一角を束ねる御年寄《おとしより》であることも関わっているようだが、いずれにしろ、本丸の勘定奉行でさえも頭があがらぬ相手と目されていた。

ところが、その讃岐守に悲劇が降りかかった。

能舞台では観世流二十一世の左近清長《さこんきよなが》がいよいよ神の本性をあらわし、神仏讃《さん》仰《ぎょう》の神舞《かみまい》を舞ってみせていた。

「われみても久しくなりぬ住吉《すみよし》の、岸の姫松幾代経ぬらん」

「睦《むつ》ましと君は知らずや瑞垣《みずがき》の、久しき世よりいはひそめてき」

住吉明神の歌と返し歌がつづき、三十を越えたばかりの清長が神々《こうごう》しく舞いを披露する。囃子《はやし》も転調する高砂の終盤、観劇する者たちの目は舞台に吸いよせられ、蔵人介でさえも夢とうつつのあわいに心を遊ばせていた。

太夫の演じる神たちは平穏無事な御代を祝い、渚の小舟で沖の彼方へ消えていく。

その余韻《よいん》に浸る間もなく、入側のほうから奇妙な音が聞こえてきた。

――じょろじょろ、じょろじょろ。

あきらかに、それは大御所家斉が公人朝夕人のあてがった尿筒に小便を弾く音であった。

公人朝夕人は土田伝右衛門ではなく、蔵人介の見知らぬ西ノ丸の小者だ。

ともあれ、遠慮というものがない。

――じょろじょろ、じょろじょろ。

いつまでも途切れぬ小便であった。

家慶は顔をしかめたが、五十年も本丸に居座って強権をふるってきた父親に強意《こわ》見する勇気はない。

すると、家斉は満杯になった尿筒を摑んで立ちあがり、ふらふらと歩きだす。

まるで、箒を手にして高砂の浦にあらわれた翁のようだ。

表情も能面をかぶったかのごとく、薄気味悪く笑っている。

重臣たちが呆気にとられるなか、家斉は入側の端まで進み、豊橋讃岐守の面前で立ちどまるや、閉じた扇でぺしっと讃岐守の月代を叩いた。

「えっ」

と、驚きの声をあげた者もいる。

信じがたいことはつづいた。

家斉は顔色ひとつ変えず、讃岐守の頭に尿筒をかたむけたのである。

誰もが固唾《かたず》を呑んだ。

最後の一滴が無くなるまで、讃岐守は身動きひとつできない。

水を打ったような静けさのなか、家斉の哄笑《こうしょう》が響きわたった。

「ぬひゃひゃ、よきにはからえ」

そう言いはなち、空の尿筒を白洲に抛るや、腰の脇差を抜こうとする。

「ひっ」

讃岐守は仰《の》け反《ぞ》った。

誰ひとり、阻もうとする者はいない。

蔵人介は片膝を立てたが、遠すぎて間に合わぬ。

そのとき、背後から影のように忍びよる者があった。

小姓のようだ。

近くに座った連中でさえも、しかとは把握できない。

小姓の動きは素早かった。

背後から家斉の右手首を摑み、そのまま腰を抱えるように廊下の袖へ連れ去ってしまう。

見事だなと、蔵人介はおもった。

小姓の機転と勇気ある行動のおかげで、讃岐守は命拾いをしたのである。

蔵人介はのちに、この家斉付きの小姓が「狭間文吾《はざまぶんご》」という名であることを知った。

しかしながら、惨劇を防いだ狭間文吾の手柄を口にする者はひとりもいなかった。

列席した誰もが、素早い動きをみせた小姓のことより、家斉の行状に衝撃を受けていたのだ。

公方家慶はことばを失ったが、水野忠邦に促されてどうにか威厳を取りもどした。

左近清長は何事もなかったように舞いおさめ、諸大名より褒美の肩衣を下賜された。

一瞬の悪夢をことさら忘れさろうとするかのような、何とも珍妙な光景にほかならなかった。

少なくとも、蔵人介の目にはそう映った。

家慶は早々にすがたを消し、諸大名たちも肩衣の無いすがたで退出していくなか、満座で恥を掻かされた豊橋讃岐守だけは口惜しげに唇を嚙みしめている。

この夜を境にして、大御所家斉には「狂癇《きようかん》の疾《しつ》あり」との噂がつきまとうようになった。

二

中奥御休息之間《おきゆうそくのま》の書院には、公方家慶直筆の書が貼られている。

——須臾《しゆゆ》の一突き

家慶が本丸に移ったころからなので、貼られて三年半余りになろうか。

朝餉の刻限が近づくと毎朝のように、御休息之間近くの中庭から「えい、やあ」

と勇ましい掛け声が聞こえてくる。

家慶が心身を鍛えるべく、御槍指南の狭間三郎兵衛《さぶろべえ》に槍術《そうじゅつ》を教わっているのだ。

狭間は雲州《うんしゅう》で盛んな一指流《いっしりゅう》槍術の達人、浪人身分から松江《まつえ》藩松平《まつだいら》家の御槍指南となって名を馳せ、参じることを許された家慶着座の御前試合で見事に勝ちぬき、本丸御槍奉行の推挽《すいばん》を得た。一介の浪人から異例の出世を遂げた人物としても知られている。

その狭間が日頃から唱えていた座右の銘が、どうやら、家慶の耳に心地よく響いたらしい。

「須臾の一突きに人生あり」

銘の一部は書になった。

蔵人介も狭間のことは知っている。

槍一筋の愚直な正直者で、まちがいなく肌の合う男だ。

狭間も蔵人介に類《たぐ》い希《まれ》なる武芸者の資質を見出したのか、安酒でも酌みかわしながら剣術談義に花を咲かせようと誘われたこともあった。が、約束はいまだ果たされていない。

毎朝のように槍稽古の勇ましい掛け声は聞こえても、城内で顔を合わせる機会はなかったし、狭間が何処に住んでいるのかも、どのような家族を養っているのかといったことも知らなかった。

惨劇を防いだ小姓が狭間の一子であることを知ったのは、御謡初め式から五日経った松明けのことだ。

諸役人は七草粥を食べた翌日から、平服に衣更えして出仕する。

午後、蔵人介は役目を済ませて下城の途についたが、半蔵《はんぞう》御門を潜ったところで、肩幅の広い狭間三郎兵衛の後ろ姿をみかけた。

「もし、狭間どの」

おもわず声を掛けたのは、一子文吾の手柄を教えてやりたかったからでもある。

振りむいた狭間は親しげに微笑み、指を丸めて口許に近づける仕種をした。

「一献、いかがでござろう」

「是非」

従者の串部は遠慮したのか、従いてこようとしない。

蔵人介は狭間と肩を並べて麴町の大路を歩き、誘われるがままに途中で左手に折れ、平川町《ひらかわちょう》のほうへ向かった。

「矢背どの、いかがです、牡丹《ぼたん》鍋でも」

「妙案でござるな」

どうやら、馴染みの獣肉屋《ももんじ》があるらしい。

狭苦しい露地裏の片隅に、薄汚く、その見世はあった。

敷居の内は外見と同様に薄汚く、胡麻塩頭の親爺は愛想が無い。

それでも牡丹鍋は絶品で、一度口にしたら通いたくなるという。

奥の小上がりで待っていると、親爺があらかじめ出汁《だし》を入れて煮立てた鍋を抱えてきた。

大笊《おおざる》には野菜や椎茸《しいたけ》や豆腐などがたっぷり盛られ、大皿で運ばれてきた猪肉は文字どおり、大輪の緋牡丹《ひぼたん》が咲いたように並べてある。

猪肉はよく煮たうえで、甘ったるい割りしたに付けて食べるらしい。

揺れながら躍る湯気の香りを嗅ぎながら、狭間は得意げに教えてくれた。

「まずは一献」

蔵人介は銚釐《ちろり》を摘み、ぐい呑みに熱燗を注いでやる。

酒は房州産の安酒というが、やけに美味い。

狭間はみずから肉を箸で掬《すく》い、鍋のなかで煮てくれた。

「さて、お毒味役どののお口に合うかどうか」

「ご賞味つかまつろう」

煮えた肉を割りしたに付け、口に入れてひと嚙みする。

「ん」

じゅるっと、肉汁が染みだしてきた。

割りしたの甘味と相俟《あいま》って、咀嚼《そしやく》するたびに滋味《じみ》が溢れてくるかのようだ。

「美味《うも》うござる」

「ふふ、つぎの一切れが欲しゅうなりましょう」

狭間も肉を頰張り、満足げに微笑んだ。

「ところで、ご子息の文吾どのから何か聞いてござらぬか」

さっそく水を向けてみたが、反応は鈍い。

蔵人介は御謡初め式での出来事を、かいつまんではなしてやった。

狭間は驚きつつも、誇らしげに眸子を細める。

「文吾のやつ、さような手柄を立てておったとは」

「おそらく、それがし以外に気づいた者はおりますまい。西ノ丸の御小姓組番頭さまにおはなしいたそうとも考えたが、事が事だけに自重《じちよう》いたしました」

「賢明なご判断にござる。大御所さまのお噂は、それがしの耳にも届いておりますからな。それに、惨劇を避けたはお役目をまっとうしたまでのこと、手柄というほどのものではござらぬ」

「いいえ、ご子息が咄嗟《とっさ》に動かねば、西ノ丸御留守居の豊橋讃岐守さまは落命なさっていたに相違ない。並みいる諸侯の面前で惨劇におよべば、大御所さまとてご無事では済まなかったはず。文吾どのは幕府の沽券《こけん》が地に墜《お》ちるのを救ったと申しても、けっして過言ではござらぬ」

「矢背どのに褒めていただくだけでも、文吾めは幸福者にござる。それがしも、鼻が高い。されど、そのはなしはここまでにいたそう」

「ふむ、かしこまった」

「さあ、一献」

注ぎつ注がれつしながら酒を呑み、牡丹鍋を心ゆくまで堪能する。

蔵人介は酔いに任せ、家慶の書院に貼られた書について尋ねた。

「須臾の一突きに人生ありとは、ご流派の要諦《ようてい》にござろうか」

「まあ、そういうことにしております。須臾の一突きは無心の一突き、泰平の世に槍は無用の長物なれど、無用の用を糧となす生き方もござる。されど、人生とはままならぬもの、油断しておれば瞬《まばた》きの間に終わってしまう」

なるほど、一日一日を大事に生きよという教訓でもあるのかと、蔵人介は理解した。

ふっと、狭間は笑う。

「じつは、要諦や理合《りあい》なんぞはうろおぼえでしてな。ご託なぞいくら並べたところで糞の役にも立たぬ。実戦に役立つのは稽古、稽古、稽古のみでござるよ。さようなことを矢背どのに申しても、釈迦に説法であろうがな、ははは」

ふたりはこの夜、遅くまで剣術談義に花を咲かせた。

久方ぶりに心から楽しみ、蔵人介は狭間との別れを惜しんだ。

三

三日後の夕刻、笹之間で役目を終えた蔵人介のもとへ、公方家慶付きの小姓が焦った様子でやってきた。

「矢背さま、橘右近さまより、至急、二刀を携え、萩《はぎ》之御廊下へ参じるようにとのご伝言にござります」

蔵人介は、くいっと片眉を吊りあげる。

「二刀を携えよとは、ただ事でないな」

「お詳しいことは、橘さまよりお聞きいただきたく」

物騒《ぶっそう》だという理由から、城内ではよほどのことでもないかぎり、二刀の佩刀《はいとう》を禁じている。小姓はあきらかに事情を承知しているにもかかわらず、おのれの口から告げるのを憚《はばか》っていた。

萩之御廊下は、家慶が老中などに御目見得する御座之間と公務をおこなう御休息之間を繋ぐ重要な廊下であり、かたわらには家慶が頻繁に使用する御不浄もあった。

蔵人介が「鳴狐」を腰に差して参じると、丸眼鏡の冴えない老臣が待ちかまえている。

職禄四千石、近習《きんじゅ》を束ねる御小姓組番頭の橘右近であった。

「おう、よう来た。じつは、今から上様御前で立ちあってもらわねばならぬ」

「えっ」

「驚くのも無理はないが、上様たってのご所望でな。槍と刀の演武がみたいと仰せなのじゃ」

「仰ることがよくわかりませぬが」

「さもあろう」

槍と刀の申しあいは、以前から決まっていたことであった。ところが、刀の指南役である肝心の柳生但馬守俊章《やぎゅうたじまのかみとしあきら》が流行風邪を患い、高熱を発してしまった。参じるには参じたものの、とてもでないが演武を披露できる容態ではない。

それならば、延期か中止にすればよいだけのはなしだが、家慶は「どうしても今観たいのじゃ」と我が儘を言い、側近たちを困らせた。

「迷惑なはなしであろうが、ここはひとつわしの顔を立ててくれぬか」

みなが黙りこむなか、橘の脳裏に浮かんだのが蔵人介であったという。

「お相手は」

問いつつも、予想はついている。

「御槍指南、狭間三郎兵衛どのじゃ」

橘は顔を曇らせた。

「なにせ、竹光や木刀ではなく、上様は真剣を使った勝負が観たいと仰る。無論、寸止めの申しあいじゃが、双方とも手練《てだれ》でなくば、まちがいなく怪我をしよう。となれば、おぬししかおらぬ」

拒むことはできぬと悟った。

「承知いたしました」

蔵人介は表情も変えず、すっと立ちあがる。

「すまぬ。されば、わしに従いてきてくれ」

小柄な橘はさきに立ち、御休息之間を通りすぎて、家慶が私用に使う御小座敷へ向かった。

さらに、白砂の敷かれた中庭へまわると、重臣たちがずらりと廊下に居並んでいた。

老中首座の水野越前守忠邦を筆頭に、重鎮のおもむきを醸《かも》す老中の土井大炊頭利位《どいおおいのかみとしつら》、若年寄では一番の切れ者と評判の堀大和守親審《ほりやまとのかみちかしげ》、次代を担う若き寺社奉行の阿部伊勢守正弘《あべいせのかみまさひろ》、そして水野の懐刀《ふところがたな》と自他ともにみとめる御目付の鳥居耀蔵も末席にいる。

鳥居の隣でにっこり笑いかけてきた丸顔の人物は、北町奉行の遠山左衛門少尉景元《とおやまさえもんのしょうじょうかげもと》であった。何度か裏の役目を依頼されているので、知らぬ仲ではない。持ち前の要領のよさで、今のところは水野の信頼を得ているのだろう。

いずれにしろ、公方家慶のそば近くに呼ばれたのは、水野忠邦のやろうとしている改革に賛同する面々であった。

御槍指南の狭間は中庭で俯《うつむ》き、こちらに目もくれずにじっと待ちかまえている。

肝心の家慶は、大奥へ通じる御鈴《おすず》廊下のほうからあらわれた。

背後には何と水戸《みと》家の斉昭《なりあき》公がつづき、大奥御上臈年寄《おじようろうとしより》の姉小路《あねがこうじ》と妹で水戸家御年寄の花野井《はなのい》が華やかな扮装《いでたち》でしたがっている。

姉小路は本丸大奥を牛耳る実力者で、家慶の寵愛を受けているとの噂もある女官だった。妹の花野井は斉昭のお気に入りにほかならず、姉小路と花野井の美人姉妹が揃ったすがたを目にできるだけでも運が良いと言わねばならない。

「ほう」

重臣たちはおもわず、感嘆の溜息を吐いた。

水野忠邦は数年前、年貢の増収をはかるべく、江戸に住みついた百姓たちを地方へ戻す人返令《ひとかえしれい》を発布しようとした。と同時に、奢侈《しやし》禁止令も諮問《しもん》したが、西ノ丸派と呼ばれる大御所家斉の寵臣たちに阻まれた。そのとき、忠邦の後ろ盾になったのが斉昭であったと言われている。

要するに、このたびのことは家慶の発案ではあるものの、水野忠邦にとっては単なる余興に留まらず、支援者や仲間同士の結束を固める集まりとも考えられた。

無論、一筋縄ではいかない連中ばかりである。

ただ、大御所家斉の専横や政事への容喙《ようかい》を嫌っている点では共通していた。

家慶は入側の中央に鎮座し、隣に斉昭を招く。

すでに、蔵人介は足袋を脱ぎ、襷掛け姿で庭へ降りていた。

「但馬の替わりか」

家慶に疳高い声で問いかけられ、推挙した橘がこたえる。

「御膳奉行の矢背蔵人介めにござりまする」

「ほう、鬼役か。ふうん、鬼役に手練がおったとはの」

「はっ、おそらくは幕臣随一かと」

「まことか。爺よ、嘘を申したら承知せぬぞ」

「この皺首を賭けてもようござりまする」

「ぷはっ、鬼役づれに皺首を賭けると申すか。おもしろい、矢背蔵人介とやら、さっそく立ちあってみせい」

防《ふせぎ》となって何度か、身を守ってやったこともあった。

何もかも忘れているらしい。

蔵人介は、一間半ほどの槍を手にした狭間と対峙した。

今日の狭間は、和気《わき》藹々《あいあい》と鍋を突っついた男ではない。

身に殺気を帯びた剣客にほかならなかった。

間合いは五間ほどであろうか、槍ならば楽に届く。

そもそも、実力の拮抗《きっこう》した者同士でやり合えば、刃長の長い槍のほうが優位なはずだった。

しかし、それは素人考えでもある。

接近すれば、槍は弱い。柄の長さが命取りになることもあった。

狭間の使う槍は銀杏穂《ぎんなんほ》とも呼ぶ袋槍《ふくろやり》で、ずんぐりとした穂先は四寸と短い。

通常、一指流の熟達者は片手持ちで素早く穂先を繰りだす管槍《くだやり》に通じており、狭間も銃弾丸のごとき「槍銃」と称する技に長じているのだが、演武をわかりやすくみせるために袋槍を用いるのだろう。

寸止めとは言え、気は抜けない。

というより、本気の勝負をやらねば、かえって手許が狂って怪我をする。

狭間もそれがわかっているので、本気で攻撃を仕掛けてくるにちがいない。

いずれにしろ、無謀な申しあいであった。

「まいる」

狭間はぶんと頭上で槍を旋回させ、一歩退がって中段に構えた。

蔵人介も得意の居合は使わず、本身を抜きはなつ。

青眼に構えるや、狭間は気合いを入れた。

「ぬりゃ……っ」

鋭い一撃が右足甲を狙ってくる。

避けた途端、迫りあがって胴を狙い、こちらが躱《かわ》して仕掛けるや、飛翔して避けながら反転し、今度は槍を旋回させて石突きで頭を狙ってきた。

——「菊水《きくすい》」か。

槍術の手本のような動きだ。

蔵人介は沈んで躱し、後方へ跳ねとぶ。

狭間の流麗で素早い動きに、家慶たちは魅入られている。

だが、槍の型を知る蔵人介にとってみれば、躱すのはさほど難しくない。

当然、狭間もわかってやっている。

手練同士による阿吽《あうん》の呼吸であった。

「そい……っ」

狭間は同じく中段の構えから、今度は胸を狙ってくる。

一気に穂先を押しだし、すっと穂先を消す「浮気引《うきび》き」という引き技から素早く足を狙い、最後は反転しながら石突きで足払いを仕掛けてきた。

一連の動きは「鬼刺《おにとげ》」とも呼び、難しい技だが、こちらもちゃんと型にある。

蔵人介は足払いされて横転してみせつつも、すぐさま立ちあがって身構えた。

「見事じゃ」

家慶が満足げに叫ぶ。

だが、止めの声は掛からない。

狭間は大きく上段に構え、まっすぐ胸を狙ってきた。

「すん……っ」

蔵人介が身を反らすや、反転しながら胴、足、足と突きかかり、最後は下段に構えて高々と跳躍する。そして、急速に接近するや、首を狙って穂先を突きあげてきた。

槍術では「三つ玉」ならびに「飛龍《ひりゅう》」と呼ぶ重ね技である。

蔵人介の刀が、はじめて穂先を弾いた。

――きいん。

金音とともに、激しく火花が散る。

「それまで」

おもわず、橘が声をあげた。

ぎろりと、家慶が睨みつける。

誰もが息を呑んだ。

公方を差しおいて待ったを掛けるのは、命懸けの行為にほかならぬ。

家慶の気分次第では、橘は切腹を申しつけられても文句は言えない。

橘は両手をついて平伏した。

「上様、恐怖で睾丸《きんたま》が縮みあがり、知らぬまに待ったを掛けてしまいました。どうか、お許しを」

家慶は表情をぱっと変え、胸を反らして嗤いあげる。

「ぬはは、行司役はそなたじゃ。かまわぬ、よい見世物であったわ」

家慶は羽織を脱ぎ、狭間を手招きした。

そして、手ずから羽織を下賜する。

「されば、それがしも」

かたわらの斉昭も羽織を脱ぎ、蔵人介に手渡した。

ふたりは歓談しながら、楓之間《かえでのま》のほうへ向かう。

奥の双雀亭《そうじゃくてい》で茶でも点てるのであろう。

可憐な面立ちの姉小路と花野井もつづいた。

「されば方々、ご苦労にござった」

水野は満足げに言い、早々に居なくなる。

狭間と蔵人介を労《ねぎら》ったのは、橘と遠山のふたりだけだ。

あとの連中は黙って立ちあがり、ばらばらに消えていった。

「かような茶番は、二度と御免蒙《こうむ》りたいものよ」

狭間は怒ったように言い、蔵人介に背を向けた。

四

翌十二日、夜。

蔵人介はとんでもない噂を耳にした。

昨夜十一日の子《ね》ノ刻（深夜零時）過ぎ、西ノ丸小姓の狭間文吾が城内に潜入した賊に討たれ、斬り死にしたというのだ。

信じがたい内容に耳を疑いつつも、宿直の部屋から脱けだし、秘かに城をあとにして狭間三郎兵衛の家へ向かった。

番町の御厩谷と芥《ごみ》坂の交差する角と聞いていたので、急いで半蔵御門を潜り、麹町二丁目のさきから右手の大路へ曲がる。上り坂を駆けのぼり、四つ目の辻にあたる芥坂のてっぺんに立っても、あたりはひっそり閑《かん》としているだけだ。
角に建つ家の門柱に、白張提灯がぶらさがっている。
「あそこか」
重い足を引きずり、開けはなたれた冠木門の内へ踏みこんだ。
弔問客は影もない。
玄関でしばらく様子を窺ったが、家人の気配を感じなかった。
庭から裏にまわってみても、母屋《おもや》の雨戸は閉めきられたままだ。
胸騒ぎがしてくる。
——ひょう。
一陣の寒風が吹きぬけた。
庭の片隅に植わる山法師《やまぼうし》の木陰に、何者かが佇《たたず》んでいる。
「狭間どのか」
呼びかけると、人影が動いた。
わずかな月光を浴びてあらわれたのは、公人朝夕人の土田伝右衛門にほかならない。
「鬼役どの、御槍指南はおられぬぞ。息子の遺骸《むくろ》を抱えて、何処かへ雲隠れいたしました」

「何故、おぬしがここにおる」

「それはこちらが聞きたいこと。もしや、御槍指南と懇意になさっておられたのか」

「さよう、親しくさせてもらっていた」

「ならば、こたびのことは痛恨の極みにござりましょう」

「それゆえ、馳せ参じたのだ。まことに、ご子息が斬り死にしたのかどうか、この目でたしかめねばならぬとおもうてな」

「まぎれもなく、ほとけになりましてござる」

大御所家斉の窮地を救った狭間文吾は、本来ならば「あっぱれ、よくぞ身を挺して大御所さまのお命を守った」と褒められてしかるべきところであったが、西ノ丸の御目付筋は変事を知り、表向きは病死で片付けようとした。それどころか、しばらくは遺族に遺体を渡さぬよう、上の者から命が下されたのだという。

「されど、父御の御槍指南が強引にねじこみ、ご子息の遺体を奪うように引きとっていかれたとか」

狭間三郎兵衛の主張が通った背景には、公方家慶のお墨付きを得たという噓があった。御目付は狭間の吐いた嘘を信じてしまい、渡してはならぬと命じられていた息子の遺体を渡してしまった。

そのあたりの経緯を耳にした橘右近が伝右衛門を呼びつけ、御槍指南の狭間三郎兵衛を見張るようにと命じた。

「それゆえ、参ったのでござるが、ひとあしちがいで逃し申した。そこへ、鬼役どのがひょっこりみえられたというわけで」

橘はあきらかに、何か裏の事情を嗅ぎつけている。

息子の死によって、父親がよからぬ行動に出るかもしれぬと予想したのだ。

そうでなければ、伝右衛門を動かしたりはしない。

「わからぬ。いったい、西ノ丸で何があったのだ」

「ともに御槍指南をお捜しくださるなら、知っている範囲のことをお教えいたしましょう」

「無論、狭間どのを捜すつもりだ」

「されば」

昨夜遅く、子ノ刻を小半刻《こはんとき》（三十分）ばかり過ぎたころ、変事は西ノ丸の中奥御小座敷外の厠で勃こった。

西ノ丸にも本丸と同様の中奥と大奥があり、各々に大御所家斉の寝所がある。ただ、双方は銅壁で厳然と仕切られているわけではない。本丸にくらべて行き来は容易《たやす》いが、体調の優れぬ家斉は長らく大奥へ渡っておらず、もっぱら中奥の寝所である御小座敷で寝起きしていた。

小姓たちが駆けつけたときには、狭間文吾とおぼしき小姓の遺体が転がっており、厠のなかでは家斉が手槍を抱えて震えていたという。

「手槍を」

「御目付筋から漏れ聞いたはなしでは、家斉公のお命を狙った賊があらわれ、狭間文吾どのはこれを阻もうとして一戦交えたあげく、敢えなくも絶命したとか」

賊はまんまと逃げおおせ、いまだに捕まっていない。

「御広敷《おひろしき》の伊賀者や見廻りの番士たちも気づかなんだと申すのか」

「巧みに潜入しただけでなく、巧みに逃れていった。されど、狭間文吾どのに阻まれ、目途は遂げられなかったということになりますな」

いくつか不審なことがあると、伝右衛門はつづけた。

「みつかった狭間文吾どのの遺骸について、傷口を目にした御広敷《おひろしき》の小役人どもが妙なことを囁きあっておりました。遺骸の傷は斬り傷ではなく、刺し傷であったと申すのです」

しかも、傷は右の背中から左の腹へ貫かれていた。

「つまり、背後から刺されたというのか」

「小役人のことばを信じればのはなしにござりますが」

蔵人介は考えこみ、首を横に振った。

「文吾どのは小野派一刀流を修めておってな、父御もみとめるほどの手練であったという。正面の敵から易々と討たれることはあるまい」

すかさず、伝右衛門が応じた。

「されど、後ろからなら、いくら手練であっても防禦《ぼうぎょ》するのは難しゅうござる」

「そのことよ」

お偉方が隠蔽《いんぺい》したがっているのは、どうやら、とんでもないことのようだ。

狭間三郎兵衛は引きとった遺体の傷をみて、当然のごとく、不審を抱いたにちがいない。

伝右衛門は、ぎろりと眸子を剝いた。

「家斉公には狂癇の疾ありとの噂もござる。情況からして、狭間文吾どのは家斉公を庇って賊と対峙したにもかかわらず、家斉公に後ろから手槍で刺された公算が大きい。何故かはわかりませぬ。ここだけのはなし、乱心なさったのかも。少なくとも、息子を理不尽にも失った父御は、そう考えるでしょう」

事の真相を探り、息子の仇《あだ》を討とうとするやもしれぬ。

考えたくもないことだが、狭間三郎兵衛の槍が大御所家斉に向けられるのだ。

「橘さまはそのことを懸念なされ、それがしを差しむけたのでござる」

「おぬし、ひょっとして、狭間どのを斬るつもりで参ったのか」

「事と次第によっては。この一件に関わると仰るなら、矢背さまにもそれ相応のお覚悟が必要かと」

「ふうむ」

蔵人介は黙りこむ。

伝右衛門が口をひらいた。

「不審なことが、あとふたつほどござります。ひとつは、見廻りの者が女の悲鳴を聞いたと証言したことにござる」

惨事を目撃した者がいると推察できる証言だが、すぐさま、聞き違いであったと訂正された。それは女人禁制の中奥に大奥の女中などいたはずがないという理由からで、御目付筋も上の者から指摘されてあっさり受けいれた。

「上の者とは、いったい誰のことだ」

蔵人介の問いかけに、伝右衛門の目が光った。

「御留守居役、豊橋讃岐守さまにござります」

御謡初め式で恥を搔かされた重臣の顔が、忽然と脳裏に浮かぶ。

「ご存じかどうかわかりませぬが、讃岐守さまは牛天神《うしてんじん》の氏子《うじこ》で、円明《えんめい》流の免状をお持ちにござります」

円明流は二刀を使う。若い時分は「暴れ牛」の異名で呼ばれていたらしい。存外に筆も立ち、奥右筆となってからは家斉に重宝された。獰猛《どうもう》な牛が年を経て、老獪《ろうかい》さを身につけたのだ。

「不審な点のもうひとつは、讃岐守さまに関わってくることかもしれませぬ」

変事をいの一番で御目付筋に通達したのは見廻りの小役人ではなく、西ノ丸大奥の年寄に雇われた五菜《ごさい》であったという。

五菜とは、位の高い奥女中に年二両二分で雇われた御用聞きのことだ。主人の実家への文使いや精米の手配、諸々の買物まで何でもこなす。筆頭年寄になると何人もの五菜を抱え、五菜を束ねる親五菜などもおり、役得が多いので五菜株は高値で売買されていた。

「五菜の名は巳之吉《みのきち》、年寄の豊橋さまに仕えております」

「豊橋」

「讃岐守さまの実妹にござるよ」

なるほど、伝右衛門が疑いたくなるのもわかる。

変事の第一報をもたらした五菜は、変事を隠蔽したがっている重臣の実妹に仕えているのだ。

おそらく、偶然ではあるまい。

「巳之吉なる五菜が、狭間どのの行方を捜す端緒になるかもしれぬな」

「そのとおりにござります」

「されば、さっそく串部に調べさせよう」

「よしなに」

「おぬしはどういたす」

「讃岐守さまの身辺を探ってみようかと」

「ふむ」

蔵人介がうなずくと、伝右衛門は音も無くすがたを消した。

五

十四日、家々の門戸には豊作を祈念して、削掛《けずりか》けがぶらさがる。柳や檜《ひのき》の枝を采配のように削った代物で、尺余の大きな削掛けが千代田城の御門にも見受けられた。

蔵人介はさりげなく、西ノ丸の中奥と大奥の境目付近に潜入した。西ノ丸も本丸と同様で、五菜の待合は御広敷御門を出てすぐの中仕切御門を潜ったところにある。

着流しのうえに羽織を纏った巳之吉は、四十絡みの痩せた男だった。豊橋の五菜に雇われて十年になるので、家斉が公方だったころも本丸大奥で豊橋に使われていたことになる。素姓を調べた串部によれば「一を聞いて十を知る」如才《さい》のなさが重宝がられているらしい。

五菜たちはみな、大奥に出入りできる御門札を革袋に入れて持っている。御門札をみせて御広敷御門を通りぬけ、七つ口で主人の部屋方から御用を承るのだ。

七つ口は、奥女中たちの暮らす長局《ながつぼね》と男役人の詰める御広敷向との境にある。

魚屋、八百屋、小間物屋などの御用商人が詰める買物口であり、奥女中たちの宿下がりにも使われた。

御用商人になるにはまず信用を築かねばならず、信用を築くためには金が要る。商人たちは大奥相手の商いを掌中におさめるべく、御広敷役人や御使番《おつかいばん》の女中たちに賄賂をおくって鑑札を得ようと躍起になった。

もちろん、五菜も手懐《てなず》けておかねばならぬ相手だ。商人は懇《ねんご》ろになるために手を尽くすので、五菜の多くは増長する。なかには鼻持ちならない者もおり、陰にまわれば五菜を嫌っている商人も少なくない。

七つ口に料理を運ぶ万屋《よろず》もそうした商人のひとりで、御用達《ごようたし》商人に化けた串部は万屋に近づいて、巳之吉のはなしを巧みに聞きだしていた。

「巳之吉は、ただの五菜ではない」

と、万屋は言った。

若い五菜たちを束ねる親五菜で、平常は神田馬《かんだうま》の鞍横町《くらよこちょう》の家におり、長火鉢のまえにでんと座っている。年寄の豊橋に呼ばれたときだけ、七つ口に顔を出すらしい。

「豊橋さまの部屋で下働きをする世話子《せわこ》は、ほとんど巳之吉が世話をしてやった娘たちなのさ」

早朝の水汲みやら厠の拭き掃除やら、世話子のつとめはけっして華やかなものではない。それでも箔《はく》を付けたいと、江戸市中の商人から関八州《かんはっしゅう》の名主まで、娘に大奥奉公させたい親はひきもきらず、口利きをしてやれば礼金をたんまり積む。豊橋のような身分の高い女官ともなれば、礼金の相場もぐんと跳ねあがった。

「巳之吉の懐中は潤うって寸法さ」

親五菜は町の顔役でもあり、大奥奉公のかなった女中たちの給料まで管理しているという。女中たちの親は五菜に印鑑を預けておき、切米《きりまい》の受けとりや換金の代行を任せていた。

さらに突っこんで聞くと、万屋は串部に声をひそめた。

「巳之吉には黒い噂があってな、御殿にあがる以前は百姓の娘を買って廓《くるわ》へ売る女衒《ぜげん》だったらしい」

生来の悪癖が抜けておらず、身分の高い女官たちのもとへ「長持《ながもち》」を送りこみ、しこたま儲けているというのである。

「長持ってのはな、若い男のことさ」

役者から僧まで、若い色男を長持に隠し、七つ口から大奥の長局まで運ばせているらしかった。

蔵人介が注目したのは、万屋が変事のあった十一日の夕刻も七つ口で怪しげな長持を見掛けていたことだ。

具足祝《ぐそくいわい》の日でもある十一日は、本丸の黒書院に大権現家康《だいごんげんいえやす》の遺品が展示される。西ノ丸でも歴代将軍縁《ゆかり》の品々が展示されるため、大奥と中奥のあいだを大小の鎧《よろい》櫃《びつ》や刀剣類が行き交った。

そうしたなかに長持も紛れていたが、黒漆塗りの大きな長持は力自慢の世話子たちでも四人掛かりで担がねばならず、嫌でも目立ってしまう。本来であれば御広敷の役人があらためねばならぬところだが、長持の持ち主が御年寄の豊橋だとわかっているので格別なあらためもなく、素通りであったという。

万屋のはなしが真実ならば、変事のあった日の夕刻、巳之吉差配のもと、何者かの隠れた長持が豊橋のもとへ運ばれたことになる。御目付筋がその点を見逃しているとすれば、あまりに怠慢すぎると言わざるを得ない。

なにしろ、大御所家斉は何者かに命を狙われたのだ。

賊は逃走したにもかかわらず、探索がおこなわれている形跡もない。

ともあれ、巳之吉は変事の真相を知っているのではないかと、蔵人介は睨んだ。

捕まえて責め苦を与えてでも吐かせようと決め、七つ口から出てくるのを待ちぶせしているのだ。

西の空が茜に染まるころ、巳之吉は七つ口からあらわれた。

御広敷御門を抜けて城内を足早に歩き、大奥に関わる者たちが唯一出入りを許されている平川《ひらかわ》門から城外へ出る。さらに、一橋《ひとつばし》御門を抜けて御濠に架かる橋を渡ると、行く手の左右には枯れ野が広がっていた。

護持院《ごじいん》ヶ原《がはら》である。

城への類焼を防ぐ火除地《ひよけち》で、暗くなれば辻斬りや辻強盗も出没する。

ただ、日も暮れておらず、身軽な五菜にしてみれば迂回《うかい》する必要も無い道だった。

巳之吉は半駆けになり、一本道を突っ切ろうとこころみた。

が、なかほどを過ぎたあたりで足を止める。

行く手の薄暗がりに、横幅のある人影が待ちかまえていたからだ。

腰に無骨な拵《こしら》えの大小を帯び、三白眼《さんぱくがん》で睨みつけてくる。

「賊か」

巳之吉は吐きすてた。

賊ではない。

串部だった。

が、どうみても賊にしかみえない。

巳之吉は袖をひるがえし、咄嗟に踵を返す。

ところが、後ろからも人影が迫っていた。

蔵人介にほかならない。

「畜生、挟み撃ちか」

巳之吉は懐中に手を突っこみ、匕首《あいくち》を抜きはなった。

「ほう、やる気か」

串部が笑いながら、間合いを詰めてくる。

蔵人介も大股で近づき、身に殺気を帯びた。

「おれは親五菜の巳之吉だ。金が欲しいなら、くれてやる」

巳之吉は恐れもせずに吼えてみせる。

蔵人介は低い声で応じた。

「金はいらぬ。おぬしにちと、聞きたいことがある」

「聞きたいことだと」

「さよう。十一日の晩、西ノ丸中奥御小座敷そばの厠で何があったか、正直にこたえてもらおう」

巳之吉は驚き、眸子を剝いた。

「……あ、あんたら、おれの素姓を知ってんのか」

「知らねば聞かぬ」

「御目付のご配下かい。それとも、御広敷の」

「どちらでもない。何もかも喋ってもらえば、わるいようにはせぬ」

「喋らねえと言ったら」

巳之吉は吐きすて、ぐっと腰を落とす。

やる気なのだ。

串部がすかさず呼応し、愛刀の同田貫を抜いた。

蔵人介が脅しあげる。

「そやつは柳剛流《りゅうごうりゅう》の達人でな、素直に喋らねば臑《すね》を失うことになるぞ」

巳之吉は意外な反応をみせた。

堂々と胸を張り、凜《りん》とした声を枯れ野に響かせたのだ。

「痩せても枯れても、おれは大奥の御年寄にお仕えする親五菜だ。豊橋さまを裏切るようなまねはしねえ」

「ん」

存外に骨のある男だなと察した刹那《せつな》、巳之吉は匕首の刃を自分の首筋にあてがった。

「ふん、あばよ」

「待て」

叫んでも後の祭り、白刃が一閃《いっせん》する。

――ぶしゅっ。

鮮血が紐のように噴きだし、親五菜はどさっと地べたに倒れた。

六

さらに、二日後。

十六日は閻魔《えんま》の斎日《さいにち》、奉公人たちが一斉に休む藪入りでもあり、大奥勤めの女中たちにも宿下がりが許される。

今年の梅はまだ固い蕾《つぼみ》だが、蔵人介のすがたは梅の名所として知られる向島《むこうじま》百花園《ひゃっかえん》のそばにあった。

向島は隠居した幕臣や文人墨客《ぶんじんぼっかく》が別宅を構える地でもある。

白鬚《しらひげ》神社の裏に広がる松林の奥に、茶室のごとき侘《わ》びた庵《いおり》が結ばれていた。

満天星《どうだん》の垣根に沿って進み、斑《ふ》入りの簀戸《すど》を開けると、飛び石を渡ったさきの式台に尼僧がひとり佇んでいる。

「矢背蔵人介どの、ようこそお運びくだされた」

唄うように口ずさむ女性は、本丸の大奥で表使《おもてづかい》をしていた村瀬《むらせ》であった。

表使は御年寄の指図で大奥の買物いっさいを仕切り、御留守居役や御広敷役人との談合などもおこなう。才色兼備と評された村瀬は剃髪《ていはつ》して「妙蓮《みょうれん》」と号し、向島の片隅に終《つい》の棲家《すみか》を築いていた。

以前、大奥に唐渡りの麻薬である阿芙蓉《あふよう》が蔓延《まんえん》しかけたとき、村瀬の依頼で悪党どもを成敗してやったことがあった。それ以来、揺るがぬ信頼で結ばれていたが、このたびのことで連絡を取ってくれたのは、蔵人介に密命を下す橘右近にほかならない。

妙蓮こと村瀬は楚々とした物腰で蔵人介を招きいれ、鹿威《ししおど》しの聞こえる又隠《ゆういん》で茶を点ててくれた。

「まこと、心が落ちつきますな」

「さようにございましょう。この庵で暮らしておりますと、まるで時が止まっているかのようです」

大奥で忙しくしていたころとは天と地ほどもちがい、村瀬は庵での暮らしのほうが性に合っていると漏らす。

「退屈もいたしませぬ」

大奥で面倒をみた多くの女中たちが、頻繁に訪れてくるのだ。

「みな、愚痴をこぼしにまいるのです。静かに耳をかたむけて差しあげると、満足したように帰っていかれます。近頃は大奥の駆け込み寺などと呼ばれておるようで、ちと迷惑をしております」

「ご迷惑も顧みず、奥女中たちの愚痴をお聞かせ願いたく参りました」

「致し方ありませんね。橘さまのお声掛かりで鬼役どのがみえられたからには、わたくしの存じていることはすべて、包み隠さずお伝えせねばなりますまい」

――たん。

鹿威《ししおど》しの音が響いた。

蔵人介は漆黒《しっこく》の楽《らく》茶碗を置き、襟を正す。

「されば」

「西ノ丸の御年寄、豊橋さまのことにございましたね」

「はい」

豊橋が大奥奉公にあがったのは、二十五年前のはなしだった。

村瀬も若い女官として奉公していたので、豊橋のことはよく知っている。

「わたくしと同い年の十八で大奥にあがってまいりました」

容色に優れ、齢のわりには抜け目がなく、野心旺盛な女性であったという。

御年寄となって名乗った豊橋は実家の姓だった。身分の高い女官だけが実家の姓を名乗ってもよい。それは名誉なことであったが、豊橋家はそもそも家禄三百石の旗本にすぎず、奉公したての豊橋は「お里《さと》」という本名で呼ばれていた。

「御中臈《おちゅうろう》になるべく、碩翁《せきおう》さまのご推挙でまいられたのです」

「碩翁さま」

——中野《なかの》碩翁。

その名を久しぶりに聞いた気がする。

かつて、蔵人介は剣の腕を買われて「子飼いの刺客にならぬか」と誘われたことがあった。きっぱり拒んでみせると、しばらくは敵対することになったが、隠居してからはすっかり鳴りをひそめている。

「この近くに御大名屋敷のごとき豪邸を構えておられますよ。御小納戸頭取として活躍なされたころとは比べるべくもありませぬが、喜寿を迎えるお年になってもご健在のご様子で」

御新番頭格《ごしんばんがしらかく》なる役目を賜り、家斉の伽役《とぎ》として西ノ丸に出仕することもある。豪奢《ごうしゃ》な暮らしぶりから「天下の楽に先んじて楽しむ」三翁《さんおう》のひとりにも数えられていた。

「おひとりは大御所家斉公のご実父であられた穆翁《ぼくおう》こと一橋治済《ひとつばしはるさだ》さま、さらにおひとりは大御台所茂姫《おおみだいどころしげひめ》さまのご実父であられた栄翁《えいおう》こと島津重豪《しまづしげひで》さまにほかなりませぬ」

碩翁が誰もがみとめる大物ふたりと肩を並べるほどの贅沢ができた理由は、公方の子を宿すべき中臈選びに関して、家斉の好みをよく知っていたことに尽きるのかもしれない。

なかでも、みずからが養父となったお美代《みよ》の方は、家斉の寵愛を一身に受けた。

三人の姫も宿し、そのうちのふたりは雄藩に嫁いでいる。加賀前田《かがまえだ》家に嫁いだ溶《よう》姫《ひめ》の産んだ犬千代《いぬちよ》は、次期将軍の継嗣争いに関わったこともあった。

あるいはまた、正室である茂姫を差しおいて家斉に我が儘放題な願い事をし、実父である住職の日啓《にっけい》を優遇するようにはたらきかけたりもした。

日啓の智泉院《ちせんいん》には、家斉の木像や歴代将軍の位牌が安置されている。それどころか、雑司ヶ谷《ぞうしがや》には煌びやかな塔頭《たっちゅう》群で飾られた感応寺《かんのうじ》が建立《こんりゅう》された。日蓮宗《にちれんしゅう》の両寺には、祈禱《きとう》、代参、文使いといった名目で奥女中たちが数多く参詣し、西ノ丸大奥では今も題目派が幅を利かせていた。

村瀬によれば、家斉が隠居して西ノ丸に移ってから、大奥の対立構図はかなりの変貌を遂げている。

昨年正月、家慶御台所の有栖川楽宮《ありすがわさざのみや》が逝去し、本丸大奥の主人は不在となり、上臈御年寄の姉小路が大奥を牛耳るようになった。一方、西ノ丸は大御台所の茂姫が女官たちの崇敬を集めており、お美代の方については一時の勢いが衰えたとはいえ、権威の保持に邁進《まいしん》しているという。

たとえば、身延山久遠寺《みのぶさんくおんじ》の日蓮上人像を江戸へ持ちこみ、何度も開帳《かいちょう》させていた。祖師像は出開帳のたびに、大奥から御守殿、御住居を廻って、仕舞いは宿寺の深川浄心寺《ふかがわじょうしんじ》へ落ちつくのだが、こうした派手な催しが題目派の西ノ丸大奥と念仏派の本丸大奥という対立を明確にする要因ともなっている。

蔵人介は大奥の勢力争いに興味などないし、関わりを持ちたくもない。だが、大奥の対立が表向きにも飛び火し、公方派と大御所派の重臣たちが水面下で熾烈《しれつ》な火花を散らしていることも、水野忠邦をはじめとした幕閣の重臣たちが日啓を「なまぐさ」と呼んでいることなども知っていた。

いずれにしろ、お美代の方の野心は今も衰えを知らず、茂姫の後ろ盾を得て姉小路に対抗しようとしており、御年寄たちはお美代の方の手足となるべく動いていた。豊橋はそのなかで頭ひとつ抜けだしつつあったが、古株の伊佐野《いさの》や滝山《たきやま》といった御年寄たちと絶えず勢力争いを繰りひろげているという。

「大奥差配の御留守居、豊橋讃岐守さまは、豊橋さまにとってひとまわり年上のお兄さまであられます」

妹の大奥奉公を契機に出世の糸口を掴んだ。いわば「蛍侍《ほたるざむらい》」であったが、本丸奥御右筆を振りだしに、出仕から十年後には同組頭となり、二十年後には本丸の勘定奉行にまで出世した。

家禄三百石の貧乏旗本にしてみれば、異例の出世である。

よほど、家斉から気に入られていたとみてよい。

家斉の隠居にともなって西ノ丸の御留守居へ転出となったのも、みずから望んだことであったという。

一方、中臈となった豊橋はどのような経緯をたどったか。

家斉のお手つきとなったものの、子を宿すことができずに「お褥《しとね》すべり」扱いとなった。

ところが、桜田《さくらだ》御門の隠居屋敷には移らず、大奥に居座った。お美代の方に取り入って頭角をあらわすようになり、家斉の末子である二十七女泰姫《やすひめ》の鳥取《とっとり》藩池田《いけだ》家との縁組などで卓越した差配をみせ、御年寄へと昇進を果たしたのである。

「豊橋さまは、お美代の方の御代参を誰よりも多くおつとめになっておられます。それだけご信頼の厚い証拠でもござりましょうが、頻繁に参詣なさる智泉院には妙な噂が絶えませぬ」

智泉院の日啓は奥女中たちを呼びこむべく、若くて見目の良い僧を数多く養っているのだという。籠の鳥の女中たちが目の色を変えて参詣したがるのは、若い僧たちと逢いびきをするためであるとの噂が本丸大奥でまことしやかに囁かれていた。

「どうせ、念仏派の流した風評であろうと聞きながしておりましたが、どうやら、そうでもないようで」

ほかでもない、豊橋ご執心の若い僧が別の御年寄と浮気をしたことから、村瀬の耳にも眉をひそめたくなるようなはなしがもたらされた。

浮気をした僧は智泉院から追放され、寺の裏で繰りひろげられている淫行について言いふらしてまわった。そして数日後、大川の百本杭《ひゃっぽんぐい》で土左衛門となってみつかったのだという。

「豊橋さまは今も、智泉院に通いつづけておられます。もちろん、淫靡《いんび》な目途のためにでござりましょうが、逢いびきの相手は僧ではありませぬ」

若い役者なのだと、村瀬はこぼす。

「名は梅川波次郎《うめかわなみじろう》、三座の舞台にも呼ばれるほど人気の女形だそうです」

豊橋が梅川波次郎に首ったけなのは、身内のあいだでは周知のことのようだが、もちろん、お美代の方の後ろ盾があるので、告げ口をする者もいなかった。

「智泉院で逢いびきするだけでは飽き足らず、秘かに大奥へ招きいれているとの噂もござります。それが真実《まこと》ならば由々しきこと。いかに豊橋さまとて、軽い罰では済まされますまい」

ひょっとしたら、七つ口から運びこまれた「長持」には「梅川波次郎」が隠れていたのかもしれない。さらに一歩進めて考えれば、十一日の真夜中に勃こった変事と女形が関わっていることも否めなかった。

——たん。

鹿威しの音で我に返る。

「もう一杯、お点ていたしましょうか」

「いいえ、かたじけのう存じます。美味しいお茶にございました」

蔵人介は村瀬に深々と頭を下げ、夕暮れにひっそりと佇む庵を離れた。

七

その夜、蔵人介は日本橋の芳町へ向かった。

淫靡な雰囲気の露地裏に、梅川波次郎の営む陰間茶屋《かげまぢゃや》がある。

所在を突きとめた串部は、自慢げに胸を張った。

「三座で人気の女形は、陰間茶屋の主人になって稼いでいる。そいつはもう常識ですから、ちょちょいのちょいでみつけてやりましたよ」

亥《い》ノ刻を過ぎたので、行き交う酔客もいない。

しんと静まった露地裏から夜空を仰げば、十六夜《いざよい》の月が朧《おぼろ》に霞《かす》んでみえた。

「人っ子ひとりおりませぬな」

軒を並べた茶屋の戸は閉めきられ、呼びこみのすがたもない。

「そう言えば、梅川波次郎は役者のくせに剣術ができるとか」

「ほう」

中村座は昨年の弥生《やよい》狂言で宿下がりの御殿女中たちをあてこみ、奥女中ものと呼ばれる演目を上演した。演目のなかの『伽羅先代萩《めいぼくせんだいはぎ》』で梅川波次郎は奥女中のひとりを演じたのだが、終盤に酔った浪人数名が小屋へ躍りこんできた。しかも、ひとりは刀まで抜き、上席に座った奥女中に斬りつけようとしたらしい。

女中たちの悲鳴が響くなか、梅川はすかさず舞台から飛びおり、浪人の刀を奪って逆捩《さかね》じを食わせた。波次郎以上に偉かったのは主役の政岡《まさおか》を演じた瀬川菊之丞《せがわきくのじょう》で、少しも怯《ひる》まずに決め台詞を発してみせたという。

「『三千世界に子を持った親の心はみなひとつ』と発し、さらにつづけて菊之丞は『あっぱれ波次郎、無外《むがい》流の一偈《いちげ》あり』と声を張ったのだとか」

決め台詞は若君の身代わりとなって死んだ実子を恋慕する乳母の心情をあらわし、通常ならば客たちは涙を流す場面だった。予想外の水入りにもかかわらず、菊之丞は芝居をきっちり演じきり、そのうえで若い女形の勇敢なおこないを芝居仕立てにして褒めあげたのである。

客席からはやんやの喝采が沸きおこり、酔いの醒めた浪人どもはすごすご退散していった。

「真偽を確かめる術《すべ》はありませぬが、梅川波次郎は彦根《ひこね》藩井伊《いい》家の元小姓で、辻月《つじげつ》丹《たん》の創始した無外流の免状を持っておるそうです」

しかも、そのとき刃傷沙汰に巻きこまれかけた奥女中というのが、西ノ丸御年寄の豊橋であったという。豊橋は波次郎に危ういところを助けられ、それが縁で情を移したのかもしれない。

「波次郎は陰間茶屋を営んでおりますが、みずから客を取ることはないのだとか。嫉妬深い豊橋に義理立てしているせいだろうと、おしゃべりな仲間の役者たちが教えてくれました」

波次郎は変事のあった翌日も、初春狂言の舞台を踏んでいた。かりに「長持」のなかに隠れて七つ口から潜入したとすれば、豊橋と秘かに逢ったあと、ふたたび「長持」に隠れて無事に運びだされたことになる。

「ひょっとしたら、梅川波次郎が家斉公のお命を狙った賊かもしれませぬな」

何の根拠もなく、串部がつぶやいた。

「そんなはずはあるまい」

と応じながらも、あながち否定はできない。

御目付筋も、賊が潜入したことはみとめているのだ。

取り逃がしたうえに追ってもいない理由は、真相を隠したがっている者たちが上にいるからにちがいない。家斉の命を狙った理由とも関わってくるのではあるまいかと、蔵人介はおもった。

いずれにしろ、梅川波次郎に問えば、真相の一端は判明する。

そうした確信のもと、蔵人介は目途と定めた陰間茶屋に近づいた。

串部がさきに一歩踏みだし、戸口に手を掛ける。

すっと、戸が開いた。

「不用心ですな」

夜の客商売ゆえ、開けはなっているのだろうか。

のっそりと、敷居をまたぐ。

「ん」

妙な感じだ。

まるで、人気《ひとけ》がしない。

「まことに、おるのか」

「今宵は藪入りゆえ、陰間たちに休みを与え、ひとりで店番をしていると聞きましたけど」
履き物のまま、廊下にあがる。
少し進んだところで、蔵人介は顔をゆがめた。
「うっぷ」
串部も鼻を摘む。
血腥《ちなまぐさ》い。
奥の部屋だ。
跫音を忍ばせ、そっと近づいた。
襖障子を開ける必要はない。
薄化粧の優男がひとり、床柱に背をもたれて死んでいた。
「殿、梅川波次郎にござりますぞ」
串部が灯りを携えてくる。
畳のうえは血の海で、避けてとおるのも難しい。
足袋が濡れるのもかまわず、屍骸のそばに近づいた。
串部は屈み、傷を調べる。
「左胸を一突き、槍傷にござりますな」

「槍傷だと」

狭間三郎兵衛の顔が脳裏に浮かんだ。

「あっ、左右の掌にも傷が。まんなかを刺しつらぬかれておるようです」

波次郎を責め、変事の真相を吐かせたにちがいない。

狭間は必死に、一子文吾が変死を遂げた事情を探っていた。そして、鍵を握ると目された梅川波次郎にたどりつき、事の次第を知ったのだ。

蔵人介には今のところ、そこまでしかわからない。

変事の真相も、狭間が女形を葬った理由も、いまだ藪の中にある。

「殿、これで振出しに戻りましたな」

串部の言うとおりだ。

返事をする気にもならない。

蔵人介は血に染まった足袋を脱ぎ、冷たい廊下を戻りはじめた。

八

八日経った。

狭間三郎兵衛の行方は杳《よう》として知れず、焦りばかり募るなか、公人朝夕人の伝右衛門が真相に結びつく端緒《たんしょ》を探りだしてきた。

変事の翌日、西ノ丸で役に就いていた男女ふたりが、突如、病気を理由に暇を出されたのだという。ひとりは山根《やまね》泰造《たいぞう》なる御広敷の小役人、もうひとりは御年寄豊橋に仕える桐壺《きりつぼ》なる世話子だった。

伝右衛門によれば、ふたりは周囲から相惚《あいぼ》れの仲を疑われていた。

若い五菜が城内で逢いびきしているところをみたと囁いたらしい。

変事のあった晩、見廻りの者が女の悲鳴を聞いたと証言したものの、御目付筋に取りあげられなかった。しかし、悲鳴をあげた女はちゃんとおり、それは桐壺だった公算が大きいと、伝右衛門は読んだ。

山根と逢いびきするために大奥から脱けだし、中奥御小座敷外の厠周辺でたまさか変事を目撃したのだ。

そのとき、山根は相番の者と控え部屋にいた。

桐壺だけが変事を目撃し、悲鳴をあげたのではあるまいか。

伝右衛門の読みどおり、城内で逢瀬《おうせ》をかさねていた疑いのある男女が同じ日に暇を出されているというのは、やはり、偶然とは考え難かった。

もちろん、今のところは想像の域を出ないが、確かめてみる価値はある。

桐壺の本名は、おこうという。

八王子《はちおうじ》に近い上平井《かみひらい》村で世襲名主をやっている孫六《まごろく》の娘だった。

暇を出されてからは、おそらく、実家へ戻っているにちがいない。

蔵人介が江戸を発ったのは、一刻も早く狭間三郎兵衛を捜しだしたい切実なおもいからだ。

甲州《こうしゅう》街道をたどって約十二里、早足で丸一日歩きとおし、富士をのぞむ日野渡《ひののわたし》で多摩《たま》川を越えて進めば、街道最大の宿場でもある八王子に達することができる。

蔵人介と串部の主従が宿場に着いたのは夕暮れで、とりあえずは旅籠《はたご》に腰を落ちつけねばならなかった。

宿場の賑《にぎ》わいはさほどのものでもなく、東海道《とうかいどう》や中山道《なかせんどう》にくらべれば地味な印象は拭えない。それは宿場の西に広がる千人町《せんにんちょう》のせいで、甲斐武田《かいたけだ》の遺臣たちからなる千人同心《どうしん》たちの質実剛健な気風が色濃く反映しているからでもあった。

「さすが、千人同心のお膝元でござりますな」

串部もしきりに感心している。

千人同心は組頭十人のもとに平同心十人が配され、十組百人ずつを千人頭十人が束ねている。文字どおり千人からなる同心たちは御槍奉行の差配下にあり、千人頭は二百石から五百石取りの旗本身分で、平同心たちも歴とした直参《じきさん》であった。主に日光東照宮《にっこうとうしょうぐう》を守る日光勤番の役目を負うが、平常は農耕に従事し、きちんと年貢も納めている。無為徒食《むいとしょく》の幕臣や藩士と異なり、生業を持っているため、物の道理を教える儒者などからは「武士の鑑《かがみ》」と敬われていた。

ともあれ、ふたりは旅の疲れを癒やすべく風呂に浸かり、早めに床へ就いた。

翌朝、旅籠が軒を並べる宿場は霧に包まれ、旅人たちの足を鈍らせたが、蔵人介と串部はおこうに会うべく、小高い里山に囲まれた村へ向かった。

上平井村は、平井川が玉之内《たまのうち》川と合流する地の北東にある。

伊豆韮山《いずにらやま》代官の江川太郎左衛門英龍《えがわたろうざえもんひでたつ》が支配する幕領の一部で、黒八丈《くろはちじょう》と称する絹布《けんぷ》や木綿縞《もめんじま》を産する村として知られていた。村には八王子千人同心の株を持つ者が二十人余りもおり、世襲名主の孫六は他村に比べれば裕福な暮らしをしている。

一人娘のおこうを大奥の女中奉公に出した理由は箔《はく》を付けるためで、口利き料だの仕度金だのと、かなりの金を掛けたにちがいなかった。

いきなりお暇を出されたとなれば、その憤りは尋常なものではなかろう。

娘に会わせてもらえるかどうかもわからぬし、たとい許しが出ても、娘のおこう自身が会ってくれる保証はなかった。

ただ、蔵人介には、おこうに会ってはなしを聞きだす自信がある。

「そのための細工も、ちゃんとござりますからな」

と、串部は意味ありげに笑ってみせた。

村へ着くころには、霧もすっきり晴れた。

誰かに尋ねるまでもなく、名主の家はすぐにみつかった。

立派な門構えの百姓家で、門から玄関までは遠い。

玄関へ向かうと、厳めしげな人物が近づいてきた。

「お武家さま方、何かご用でしょうか」

「そちらは」

蔵人介の問いに、色の浅黒い男が応じる。

「名主の孫六にござります」

「おう、そうだとおもった」

蔵人介は幕府の徒目付だと嘘を吐き、娘との面会を求める。

孫六は渋った。

「娘を貰いうけにまいった際、お局さまがお申しつけになりました。『木《こ》っ端《ぱ》役人が詮議にまいっても、娘に会わせぬように』と。今さら、おはなしいたすこともございませぬ。お帰りくださいまし」

豊橋に仕える局から口を噤むように命じられたのだ。

やはり、何かある。

それがわかっただけでも、わざわざ足労《そくろう》した甲斐はあった。

蔵人介は、ふっと笑みを漏らす。

「おぬし、徒目付を舐めておるのか。娘に聞いておるかどうかわからぬが、これは大御所家斉公のお命に関わる重大事の探索なるぞ。娘に会わせぬと申すなら縄を打たねばならぬが、それでもよいのか」

孫六はびっくりし、顎を小刻みに震わせる。

蔵人介はうなずき、優しく肩を叩いてやった。

「けっして、わるいようにはせぬ」

孫六につづいて家にはいると、なかはひんやりとして薄暗い。

だだっ広い板の間には囲炉裏《いろり》が切られ、熾火《おきび》が燃えていた。

ほかの家人は出払っているらしく、人の気配がしない。

「娘は奥に籠もっております。戻ってきて数日は飯もろくに喉を通らず、ひどく落ちこんでおりました。昨日あたりからようやく元気を取りもどしてくれましたが、きちんとおはなしできるかどうか」

「かしこまった」

嫌なことをおもいださせるのは気が引けるものの、背に腹は替えられない。

「呼んでも出てきませぬゆえ、ご足労願えませぬか」

「ふむ」

長い廊下を渡り、どんつきを曲がって、中庭に面した部屋へ進む。

襖障子を隔てた向こうに、人の気配を感じた。

「おこう、お城からお役人さまがおみえだ。会ってはなしを聞きたいそうじゃ。ここを開けるぞ」

「……お、お待ちを」

身仕度でもしているのか、しばらく廊下で待たされた。

孫六は恐縮し、茶をもってくると言って居なくなる。

すっと、襖障子が開いた。

窶《やつ》れきった娘が、戸の内にかしこまっている。

「……ど、どうぞ」

「ふむ、すまぬな」

蔵人介は部屋にまで押しかける非礼を詫び、さっそく串部に用意させたものを差しだした。

一通の文である。蔵人介が串部に命じて、入手させてあったものだ。

おこうの顔に赤みが射す。

「……こ、この筆跡は」

「気づかれたか。御広敷から追放された山根泰造が、愛《いと》しくおもう娘に宛てた文だ。遠慮はいらぬ、読むがよい」

おこうは文を開き、文面を貪《むさぼ》るように読んだ。

内容は何処にでもあるような恋文だが、唐突に仲を裂かれた切なさが連綿と綴られており、おこうは涙を流しながらも相手の気持ちが伝わったからか、どことなく晴れ晴れとした表情を浮かべてみせた。

「山根に言付けを伝えてもよいし、文使いの役目をやってもよい。ただし、それには条件がある」

「条件にござりますか」

おもったとおり、おこうは食いついてきた。

蔵人介はあくまでも穏やかな口調で、十一日の真夜中におこうが目撃したであろう変事の内容を問うた。

「……そ、それは、申しあげられませぬ」

「ということは、やはり、みたのだな」

「……は、はい。でも、お局《つぼね》さまから『親にも喋るな。喋ったら命を失うとおもえ』と厳しく申しつけられました」

「案ずるな。おぬしに聞いた内容は口外せぬ。喋ってもらえれば、山根泰造がお城に出仕できるよう、上に掛けあってもよい」

「まことにござりますか」

おこうは身を乗りだし、眸子を覗いてくる。

蔵人介は襟を正し、澄んだ眼差しを向けた。

「山根どのを役に戻すと、約束いたそう。さあ、はなしてくれ」

「はい」

やはり、おこうは物陰から一部始終を眺めていた。

が、はなしてくれた内容は、にわかに信じ難いものだった。

まずは、家斉らしき人物がおぼつかない足取りで廊下にあらわれたという。これを狭間文吾とおぼしき小姓が追いかけ、わざわざ庭下駄を履かせてやり、肩を貸して厠まで連れていこうとした。

そのとき、植込みの陰から賊がふたり躍りでてきた。

ひとりは手槍を持ち、もうひとりは刀を帯びていた。

すかさず小姓が立ちはだかり、突きだされた手槍を初手の一撃で叩きおとす。と同時に、反対から襲ってきた刀を弾きかえすや、賊はあきらめたのか、その場からすがたを消した。

ここまでは、あっというまの出来事であったという。

守られた家斉の手には、いつのまにか賊の手槍が握られていた。しかも、家斉は何の前触れもなく、うひゃひゃひゃと狂ったように哄笑するや、命を救ってくれた小姓の背中を手槍で突きさした。

それを目にしたおこうは我に返り、おもわず悲鳴をあげてしまったのである。

「よう、はなしてくれたな」

「……は、はい。されど、豊橋さまやお局さまにも黙っていたことがござります」

「それは」

賊の正体だという。

後ろに控える串部の鼻息が荒くなった。

蔵人介が逸《はや》る気持ちを抑えて促すと、おこうは声を震わせる。

「手槍を持っていたのは、親五菜の巳之吉どのでした。そして、もうひとりは、女形の梅川波次郎にござります」

何度か「長持」を七つ口から運ばされたし、豊橋と梅川が逢瀬をかさねている場面に出会《でくわ》したこともあった。それゆえ、みまちがうことはないという。

事の真相はわかった。

巳之吉と梅川波次郎は、豊橋に命じられて家斉を亡き者にしようとしたのだ。が、おこうに正体を知られたとはおもっていなかった。

正直に告白していたら、口を封じられていたであろう。

喉が渇いてきた。

茶を淹《い》れにいったはずの孫六は、遠慮でもしているのか、いっこうに戻ってこない。

「山根さまに文を……ふ、文を綴ってもよろしゅうござりますか」

おこうは畳に両手をつき、祈るように懇願した。

九

七日後、閏《うるう》一月二日。

蔵人介は真夜中に宿直部屋を脱けだし、忍び足で大奥との境目に近い楓之間へ向かった。見廻り番の目を盗み、公方の眠る寝所のそばを通りぬけ、薄暗い廊下を何処までも進んでいかねばならない。

もちろん、みつかれば首を刎《は》ねられるのはわかっているが、橘右近はこうした試練を潜りぬけねば隠密御用はつとまらぬと、頑《かたく》なにおもっているようだった。

どうにか楓之間へたどりつき、音も無く戸を開いて進入する。

漆黒の闇だが、書院造りの床の間までは歩数でわかった。

掛け軸の脇に垂れた紐を引くと、芝居仕掛けのがんどう返しさながら、床の間の壁がひっくりかえる。

そのさきに、御用之間と呼ぶ隠し部屋はあった。

歴代の将軍たちが誰にも邪魔されずにひとりで政務にあたった部屋だ。

四畳半のうちの一畳ぶんは黒塗りの御用簞笥に占められ、簞笥のなかには公方直筆の書面や目安箱の訴状などが保管されていた。

橘右近が、簞笥のまえにちょこんと座っている。

派閥の色に染まらず、御用商人から賄賂も受けとらず、寛政《かんせい》の遺老と称された松《まつ》平信明《だいらのぶあきら》のころから現職に留まっていた。反骨漢にして清廉《せいれん》の士、中奥に据えられた重石《おもし》のような存在で、陰では「目安箱の管理人」とも呼ばれている。それほどの重臣にしては、風采《ふうさい》のあがらぬ外見だった。

低い位置には小窓があり、壺庭を覗くことができる。

梅はまだ咲いていないようだ。

——かたん。

橘は小窓を閉め、おもむろに喋りだす。

「京のことは大儀であった」

そう言えば、京から戻ってから二人きりで会うのは初めてだった。

報告を怠ったわけではないが、呼ばれぬかぎり出向く必要はない。

尾張と京で勃こった出来事は、逐一、公人朝夕人の伝右衛門から聞いているはずだ。

近衛家と関わりの深い自分の素姓を知っているかどうかは定かでないが、尋ねられぬかぎりこたえる気はなかった。

「じつは、志乃どのから年始に菓子を頂戴してな」

「えっ」

「聞いておらなんだか。されば、ひとつどうじゃ」

橘は意味ありげに笑い、黒地に金泥で刻印された箱ごと差しだしてくる。

蔵人介はおもわず、ごくっと唾を呑みこんだ。

金泥で「従一位近衛内大臣様御用達菓子司　虎屋近江大掾《おうみだいじょう》」とあったからだ。

従一位近衛内大臣とは、近衛家の当主である忠熙《ただひろ》公の官位にほかならない。

「虎屋近江の練り羊羹《ようかん》じゃ。容易には手にはいらぬお品ぞ」

橘は小刀でみずから羊羹を切りわけ、指で摘んで差しだす。

仕方なく、貰って食べた。

高貴な甘味が口いっぱいに広がり、突如、輿《こし》から首を差しだした忠熙公の驚いた顔が浮かんでくる。

——……あ、兄上。

忠熙公は確かにあのとき、そう漏らした。

が、おそらく、聞き違いであろう。

すべては夢でみた出来事にちがいない。

橘は詮索するでもなく、みずからも羊羹を美味そうに食べ、煎茶まで淹れてくれた。

近衛家御用達の菓子をわざわざ贈った志乃の思惑もよくわからぬが、橘とのあいだにはそれなりに意思の疎通ができているのだろう。

「さて、そちらのはなしはさておき、今宵呼んだのはほかでもない、具足祝の真夜中に勃こった変事のことじゃ。おぬしが八王子で調べてきたことは、伝右衛門から聞いておる。こちらも妙なことがわかってな」

昨年末より、大御所家斉の病状はおもわしくなく、側近のあいだでは内々に遺言状の作成が進められていた。これに携わった奥右筆のひとりが、由々しい内容の書状を一枚みつけたのだという。

「恐れ多くも、家斉公の御霊を雑司ヶ谷の感応寺に安置すべしとの内容じゃ」

蔵人介は耳を疑った。

歴代将軍の御霊は、上野の寛永寺《かんえいじ》か芝《しば》の増上寺《ぞうじょうじ》に安置するものとされている。

感応寺は言うまでもなく、側室お美代の方の実父である日啓が建立させた日蓮宗の寺にほかならない。

「無論、さようなことが許されようはずはない。書状は写しであったが、本状には家斉公の印判が捺《お》されている公算が大きいという。奥右筆は謀判《ぼうはん》を疑い、わしのもとへ内々に報《しら》せてくれたのじゃ」

「謀判を企てるとすれば」

「お美代の方ではないと、わしはおもうておる。むしろ、お美代の方をも下に置こうとする野心旺盛な輩の仕業じゃ」

「御年寄、豊橋さまにござりますか」

「ふむ。家斉公の御霊が感応寺に安置されることとなれば、お美代の方は正室の茂姫さまをもしのぐ権威を持つことができる。豊橋はそのことで恩を売り、大奥を牛耳ろうと企てておるのやもしれぬ」

あくまでも、狙いは大御所御手許金なのではないかと、橘は読んでいた。

なるほど、感応寺に御霊があることによって、家斉はあの世に逝っても幕府から莫大な費用を受けとることができる。しかも、参詣する者は後を絶たず、寄進料は湯水のごとく流れこんでくる。無論、その恩恵を誰よりも受けるのは、偽の遺言状を作成した豊橋なのだ。

「無論、豊橋ひとりで、できることではない」

書面を作成できるのは、実兄の豊橋讃岐守だという。

御留守居役だが、常のように家斉のそばにある。元奥右筆だけあって、書面の作成にも長《た》けていよう。そうしたことを考慮すれば、謀判のはなしも信憑《しんぴょう》性を増す。

「わしが讃岐守に目を付けたのは、御謡初めの席におったからじゃ。おぬしも末席から眺めておったであろう」

観世流の太夫が『高砂』を舞いおさめる寸前、家斉は物狂いとしかおもえぬ行動を取った。尿筒を持ってふらふら歩き、居並ぶ重臣たちのなかから讃岐守をわざわざ選んで月代《さかやき》を叩き、尿筒の小便を頭から掛けたのである。

「あれにも何か意味があったのではないかと、今にしておもえば勘ぐりたくもなってくる」

「まさか、大御所さまが勘づいておられたと」

「気づかぬまでも、忠臣面《づら》した讃岐守の本性を見抜いておられるのやもしれぬ」

満座で恥を搔かされた讃岐守にしてみれば、憎悪に打ちふるえつつ、殺意すらおぼえたにちがいない。しかも、叩かれて小便まで掛けられ、悪事を見透かされているものと疑った。

そうであったとすれば、妹の豊橋と共謀して家斉を亡き者にしようとした理由はおのずと浮かびあがってくる。

飛躍のしすぎであろうか。

「されど、世話子は賊をみておる。賊はふたりとも死んでしもうたが、豊橋との関わりは明白じゃ。謀判の証拠《あかし》は本状がみつからぬかぎり判然とせぬものの、やはり、豊橋兄妹が安直に企てた変事と断ずるしかなかろう」

「なれば、ふたりを」

「早まるでない。謀判の証拠をみつけてからじゃ」

橘はおもいだしたように、羊羹の残りがついた指を舐めた。

「それよりもさきに、案じられることがある。行く方知れずとなった御槍指南のことじゃ」

「狭間三郎兵衛どの」

「上様のご信頼がことのほか厚うてな、いまだ御役御免とはなっておらぬ。されど、狭間は手負いの虎じゃ。かならずや、子の仇を討つべく、家斉公のお命を狙おうといたすであろう」

橘は首を亀のごとく迫《せ》りだした。

「三日後、家斉公はご体調がよろしければ、久方ぶりに城外へ出られる。寛永寺を参詣なさりたいとのご意向でな、おぬしは供侍に混じり、家斉公のおそば近くに侍《はべ》るのじゃ。いざとなれば、身を挺してお命をお守りせねばならぬぞ。よいか」

即答できずにいると、橘は蛇のような目で睨みつけてくる。

「お役目に情を挟むでない。おぬしなら、わかっておるはずじゃ」

若い時分にどうにかできていたことが、年を重ねると難しくなってくる。

大御所家斉を背に抱え、狭間三郎兵衛と対峙だけはしたくないと、蔵人介は心底からおもった。

十

三日後。

大御所家斉は大きな網代駕籠に乗り、上野の東叡山《とうえいざん》寛永寺へ参じた。

本人のというよりも、公方家慶の意向によるものらしい。

家斉にもしものことがあったときには、慣例どおり寛永寺に御霊を安置する。そのことを内外に知らしめす目途が参詣には隠されており、後顧《こうこ》を託される者たちにとってみれば、病を押してでも駕籠を向けさせねばならなかった。

駕籠は溜塗惣網代棒黒塗と呼ばれるもので、細い檜の薄板を網代に編んで張り、禁裏《きんり》の輿《こし》や公方の駕籠と同じ溜色《ためいろ》に塗ってある。棒を担ぐ陸尺《ろくしやく》は前後五人ずつ、手替わりもふくめて二十人もおり、纏う着物は黒絹の羽織で揃え、脇差まで帯びていた。

警固の者は数多く、小姓を中核とした供人だけでも三十人はくだらない。ほかにも御広敷からは伊賀者などが二十人ほど、奴《やつこ》や挟箱《はさみばこ》持ちなどが二十人以上、陸尺を入れれば総勢で百人におよぶ行列だ。

隠居した大御所の参詣としては、異例ともいうべき規模であろう。

好天も手伝ってか、家斉はいつになく体調がよい。

時折、無双窓の格子を開け、外の景色を楽しんでいる。

蔵人介は小姓たちとともに、駕籠の背後に随伴していた。

誰もが胡乱《うろん》な目を向けたが、事情を知る小姓組頭の今田陣右衛門《いまだじんえもん》だけは気を遣ってくれる。

「危ういのは三橋《みはし》から黒門のあいだ、もしくは、黒門から吉祥閣《きつしようかく》までのあいだでござろうな」

陸尺の歩調にあわせてゆっくり進んでいると、前列から太鼓腹を突きだした重臣がやってきた。

「そちは何じゃ」

居丈高《いたけだか》に誰何《すいか》し、駕籠から離そうとする。

ほかでもない、御留守居役の豊橋讃岐守であった。

駕籠のそばに、もっとも居させたくない相手だ。

蔵人介に替わって、今田が応じてくれる。

「讃岐守さま、本丸から助っ人にみえられた矢背蔵人介どのにござります」

「助っ人じゃと。さようなはなし、聞いておらぬぞ」

「報告を怠ったのは、それがしの失態にござります。讃岐守さま、矢背どのは幕臣随一の剣客にほかならず、防にくわわってもらえば百人力かと」

「誰の指図じゃ」

「本丸御小姓組番頭、橘右近さまにござります」

「ふん、橘さまか」

どうやら、橘のほうが格上らしい。

「どれほど役に立つかのう」

小莫迦にしたような台詞を残し、前列へ歩いていく。

蔵人介も今田に促され、もとの位置に戻った。

前方に三橋がみえてくる。

横風に黒々と舞っているのは、鳥凧《からすだこ》であろうか。

参道は広々とし、玩具を売る傘見世なども点々としていた。

左手には仲町《なかちょう》がつづき、さらにその左方には不忍池《しのばずのいけ》がある。一方、右手の奥にみえるのは山下の繁華な家並みで、寺院の甍《いらか》が幾重にも連なっていた。寛永寺の敷地は三十二万坪もあり、支院は三十六坊を数え、寺領は一万一千石を超えているのだ。

忍川《しのぶ》を下に眺めて橋を渡り、大勢の見物人に囲まれながら行列は進んだ。

今度は前方に、簡素な黒塗りの冠木門がみえてくる。

寛永寺の表門、黒門であった。

門の左右には、袴腰《はかまごし》と呼ぶ石垣が伸びている。

向かって右手の御成門を潜れば、観音堂がみえてきた。

左奥の小山は擂鉢山《すりばちやま》、大昔の貴人を葬った古墳らしい。

しばらく進むと、正面に文殊菩薩《もんじゅぼさつ》を祀った吉祥閣があらわれた。

左には大仏殿やお化け灯籠が見受けられ、大仏殿のまえには時の鐘も設《しつら》えてある。

一行は吉祥閣も無事に通りぬけた。

正面左右には阿弥陀如来を安置した常行堂《じょうぎょうどう》と普賢《ふげん》菩薩の安置された法華《ほっけ》堂が建ち、細長い回廊で結ばれている。常行堂は紀伊家徳川頼宣《よりのぶ》、法華堂は尾張家徳川義直《よしなお》の寄進であり、左手前には佐倉《さくら》藩主の土井利勝《どいとしかつ》によって寄進された鐘楼《しょうろう》が聳え、鐘楼の左手には五重塔もみえた。

さらに進めば、壮麗な瑠璃殿《るりでん》こと根本中堂《こんぽんちゅうどう》に行きつく。ぐるりと回廊に囲まれており、正面左右には一切経を収めた六角堂と雲水堂が建っていた。

家斉は根本中堂の手前で駕籠から降りた。

風折烏帽子《かざおりえぼし》に萌葱《もえぎ》の直垂《ひたたれ》という扮装だ。

平衡を失って少し蹌踉《よろ》めいたが、案ずるにはおよばない。

根本中堂からさきは、供人の数が制限される。

家斉は根本中堂を抜けた奥の御本坊へ向かい、法親王《ほっしんのう》のありがたい説法に耳をかたむけねばならない。さらに、からだに無理のない範囲で歴代将軍の菩提を弔い、またここへ戻ってくる。

蔵人介は大勢の供人とともに、根本中堂の外で待たされた。

随伴できないのは讃岐守の命でもあり、抗うことは許されない。

ただ、怪しい者のはいりこめぬ寛永寺の中枢に、狭間三郎兵衛が潜んでいるともおもえなかった。

家斉は早めに切りあげ、半刻（一時間）も経たぬうちに戻ってきた。

やはり、久方ぶりの外出で疲れたのであろう。

駕籠に乗りこむときは、小姓ふたりの支えが必要だった。

「戻りも気を張らねばなるまい」

今田がうなずきかけてくる。

行列の態勢が整い、網代駕籠はのっそり動きだした。

しばらく進み、常行堂と法華堂を結んだ回廊を通りぬける。

縦長になった行列の前後に小姓たちは分かれ、後方に御広敷の連中がつづいた。

回廊を無事に通過し、つぎの吉祥閣も通りぬける。

一行の前面には黒門の手前まで参道が広がり、左右には見物人たちが跪《ひざまず》いていた。

蔵人介は駕籠脇に従き、見物人たちに目を凝らす。

怪しいとおもえば、誰もが怪しい。
突如、ふたりの見物人が立ちあがり、勢いよく駆けてきた。
「止まれ、大御所さまの御前ぞ」
今田が声をかぎりに叫び、行列の前面で両手を広げた。
――ひゅん。
刹那《せつな》、矢音が響いた。
前触れもなく、今田がその場にくずおれる。
みやれば、こめかみに矢が深々と刺さっていた。
「真横だ」
小姓たちが身を伏せる。
楊弓《ようきゅう》を手にした賊が、第二矢を番《つが》えていた。
――ひゅん。
放たれた矢は、網代駕籠の棒に突きたった。
小姓たちは啞然《あぜん》とし、何もできない。
「ぎゃっ」
行列の背後で悲鳴があがった。

後ろを固めた伊賀者たちが、刀を抜いている。

賊に向かうのではなく、朋輩《ほうばい》であるはずの小者や供人たちを手当たり次第に斬りはじめた。

「ひぇええ」

一帯は阿鼻《あび》叫喚《きようかん》の渦になりかわる。

陸尺どもは恐れをなし、駕籠を担いだまま右に左に逃げまわった。

「ふわああ」

無双窓の内から、家斉の悲鳴が聞こえてくる。

「棒を放すな、死んでも放すな」

小姓たちが叫んだ。

讃岐守は何処にもいない。

蔵人介は「鳴狐」を抜刀し、混乱のさなかに躍りこむ。

――ずしゃっ。

伊賀者をひとり、袈裟《けさ》懸けに斬った。

斃《たお》れた屍《しかばね》を乗りこえ、ふたり目が飛びかかってくる。

「ふん」

身を反って突きを躱し、伊賀者の脾腹《ひばら》を剔《えぐ》った。

相手は体術に優れた忍び、峰打ちにする余裕はない。

ぱっとみただけでは、敵の数すら把握できなかった。

少なくとも、伊賀者の半数は刺客と化しているようだ。

となれば、十人余りの手練に襲われているとみなければなるまい。

いつのまに紛れこんできたのか。いったい、誰の手先なのか。讃岐守が消えたこと関わりがあるのかどうかなど、さまざまな疑念が浮かんでは消えていく。

ともあれ、経験の浅い供人たちでは歯が立たなかった。

つぎからつぎへと刺客に斬られ、参道に血を撒きちらす。

金音と断末魔が錯綜するなか、陸尺たちはついに力尽きた。

——どすん。

駕籠が地べたに落ち、横倒しになりかける。

「大御所さま、出てはなりませぬ。そのまま、そのまま」

叫んだ小姓の額に、またもや、矢が刺さった。

振りむけば、十間ほどのところに射手がいる。

——ひゅん。

蔵人介の鼻先に、矢が飛んできた。

これを刀で弾き、射手に迫って真っ向から斬りふせる。

「ぎえっ」

すぐさま反転し、駕籠に追いすがる伊賀者の背中を斬った。

網代駕籠の前後左右は、五、六人の小姓たちが固めている。

ほかの連中は散り散りになり、死んでいるか、怪我をしているかのどちらかだった。

手練の伊賀者はまだ、五人ほど残っている。

「鬼役を殺《や》れ、鬼役じゃ」

残った連中が束になり、蔵人介に襲いかかってきた。

ぐんと沈んで伸びあがり、ふたり同時に撫《な》で斬りにする。

返り血を避けながら三人目の胸を裂き、四人目は腰骨を断った。

「はっ」

宙高く舞いあがり、最後のひとりを大上段から斬りさげる。

賊は右腕を肩の付け根から失い、ゆっくり倒れていった。

「終わったか」

ほっと溜息を吐いたのもつかのま、小姓のひとりが叫んだ。

「まだおりますぞ」

首を捻ると、五分月代の侍が黒門のほうから駆けてくる。

必死の形相で前歯を剝き、右手には手槍を提げていた。

「狭間どの」

蔵人介だけが、正体を見抜いている。

おそらく、伊賀者との関わりはあるまい。

最強の刺客が、満を持して登場したのだ。

「退け。邪魔をいたせば死ぬぞ」

「うわああ」

小姓が刀を上段に掲げ、真正面から斬りかかっていく。

つぎの瞬間、手槍の柄で頰をしたたかに打たれた。

――ぶん。

狭間は槍を頭上で旋回し、別の小姓の袖を断って斥《しりぞ》ける。

「元御槍指南、狭間三郎兵衛である。わが子文吾の敵《かたき》を討ちにまいった。大御所家斉、覚悟いたせ」

狭間は手槍を両手持ちに構え、駕籠の真横に翳《かざ》す。

「待て」

蔵人介は納刀し、駕籠を背にして立ちふさがった。

狭間が充血した眸子を瞠《みは》る。

「ん、おぬし、矢背どのか」

「狭間どの、ここまでだ。おやめくだされ」

「やめられぬ。わしは役者の梅川波次郎から何もかも聞きだした。大御所は身を挺して守ろうとした文吾に向かって『虫螻《むしけら》め、鼻先に立つでない』と叱りつけ、背中に槍の穂先を突きさしたのだ。文吾は死んでも死にきれぬおもいであったろう。矢背どのなら、わしの気持ちがわかるはず。頼む、本懐《ほんかい》を遂げさせてくれ」

「なりませぬ」

「されば、おぬしと一戦交えねばならぬ」

「詮方《せんかた》ありますまい」

無刀で身構えるや、槍の穂先が胸めがけて突きだされてきた。

「せいやっ」

本気の突きだ。

――ひゅん。

蔵人介は咄嗟に刀を抜き、けら首を叩っ切る。

槍が柄だけになった。

「……なっ、何と」

狭間は身を固め、顎を小刻みに震わせた。

誰かが叫ぶ。

「今じゃ」

小姓たち数人が身を寄せ、狭間の背に刀を突きたてた。

「ぬぐっ」

小姓たちが一斉に身を離す。

狭間は血を吐き、がくっと両膝をついた。

手許には、蔵人介の断った槍の穂先が落ちている。

これを震える右手で摑むや、狭間は穂先を腹に突きたてた。

「狭間どの」

止める暇もない。

狭間はくっと顔を持ちあげ、蔵人介に懇願する。

「……か、介錯《かいしやく》を頼む」

身を寄せると、左手で襟首を摑まれた。

「……た、頼む……う、恨みを……は、晴らしてくれ」

瞬きだけでうなずくと、狭間は安堵したように微笑んだ。

血だらけの右手に力を込め、穂先をさらに深く捻じこむ。

「……か、介錯を」

蔵人介はすっと立ちあがり、横にまわりこんだ。

逡巡《しゆんじゆん》しつつも、刀を八相《はつそう》に持ちあげる。

「ふん」

眸子《つむ》を瞑り、首を斬りおとした。

その途端、後ろから奇声が響く。

「ひゃはは、やりおった」

網代駕籠の格子に、狂気を宿した眸子が貼りついていた。

「死んだのか。そやつは、死んだのか」

家斉が問いを繰りかえす。

いつのまにか、讃岐守が駕籠のそばに傅《かしず》いていた。

大御所謀殺を企てた張本人と目される人物が、平気な顔で応じてみせる。

「上様、ご安心を。刺客はことごとく打ち払いましてござります」

「ぬはは、さようか。よし、ようやった。あの者は誰じゃ。あの首切り侍に褒美を取らせよ」

家斉は格子から、尿筒を差しだす。

蔵人介は刀を提げたまま、ぐっと唇を嚙んだ。

狭間と約束を交わしたものの、覚悟はまだ定まっていない。

しかし、強烈な殺意だけは身に纏っていた。

十一

——とんとん、とんとん。

蔵人介の部屋から面打ちの鑿音《のみおと》が響くとき、矢背家は厳粛な空気に包まれる。

たいていそれは真夜中のことで、家人は気づいても、誰ひとり邪魔をしない。

唯一の嗜《たしな》みとも言うべき行為は、過酷な密命をはじめて果たした翌晩にはじまった。

斬らねばならぬ理由も告げられず、相手の素姓もしかとはわからぬ。ただ、奸臣《かんしん》であることを信じて暗殺御用にいそしんだ。

無論、役目にたいして罪深さと戸惑いがなかったと言えば嘘になる。人斬りの業《ごう》を背負う苦しみに耐えかねつつ、経を念誦《ねんじゅ》しながら鑿の一打一打に悔《かい》恨《こん》と慚《ざん》愧《き》の念を込めた。

人をはじめて斬ったのは遥かむかしのことなのに、昨日の出来事にも感じられる。懊悩《おうのう》は今も変わっていない。ただ、止めてしまえば自分が無くなってしまうような気がして止められないのだ。

能面よりも狂言面を好み、狂言面のなかでも人よりは鬼、神仏よりは鬼畜、鳥《ちょう》獣狐狸《じゅうこり》のたぐいを好んで打ってきた。面はおのが分身、心に潜む悪鬼の乗りうつった憑代《よりしろ》なのだとおもう。面打ちは殺めたものたちへの追悼供養であり、罪業《ざいごう》を浄化する儀式にほかならなかった。

昨晩もおのれの心象を写しだすように、蔵人介は木曾檜の表面を彫りつづけた。荒削りを終えたら鑢《やすり》をかけ、漆を塗って艶を出す。表面には膠《にかわ》で溶かした胡粉《ごふん》を、裏面には漆を塗ったうえに「侏儒《しゅじゅ》」という号を焼きつけた。

侏儒とは取るに足らぬもの、おのれのことだ。

仕上がった面は、今までも数多く打ってきた「武悪面《ぶあく》」であった。

眦《まなじり》の垂れたおおきな眸子に食いしばった口、魁偉《かいい》にして滑稽味のある面構えは、閻魔《えんま》顔を象《かたど》ったものだ。

閏一月七日、深更《しんこう》。

寛永寺の出来事から二日目、蔵人介は武悪面を懐中に仕舞い、月のない闇夜に足を忍ばせた。

目途とするのは西ノ丸中奥の深奥《しんおう》、大御所家斉の眠る御小座敷である。

――家斉を討つ。

覚悟は決まっていた。

家斉は忠臣の狭間文吾を『虫螻』と呼び、無防備な背中を槍で突いた。

それを知った父三郎兵衛の無念たるや、いかばかりのものであったろう。

正気を失った殿さまがやったことだと、あっさり片付けるわけにはいかない。

しかも、小姓殺しは側近たちに隠蔽されかけた。

権力者であれば、理不尽で残忍ないかなる行為も許される。

そんなはなしが罷《まか》りとおってよいはずはなかろう。

少なくとも武門の頂点に立ったことのある者であれば、やったことの報いを受けねばならぬ。

蔵人介の決意は固い。

それでも、一抹の逡巡があるのは、幕府から禄米を頂戴しているからだ。

家斉の毒味役を長らくつとめた。

隠居した今も忠誠を尽くすべき相手であることにかわりはない。

だが、物狂いの兆候を抱えているのだとすれば、なおさら、刃に掛けねばならぬ相手となろう。これ以上暴走させるわけにはいかない。

家斉の行状を見過ごせば、狭間文吾は犬死にしたも同然になる。

何もせずに見過ごすくらいなら、身分も禄米も捨てたほうがましだった。

――いや、命すらもいらぬ。

家斉を処断して罰を受けよというなら、甘んじて受けよう。

ただし、これは独断で決めたことだ。

家の者たちに迷惑を掛けるつもりはない。

自分ひとりの命など、どうなってもかまわぬが、老いさらばえた家斉ごときのために大切な家族の命まで危険に晒《さら》したくはなかった。

それゆえ、白昼堂々とではなく、秘かに引導を渡す方法を選んだ。

長い廊下は、ひんやりとしている。
いつになく緊張しているせいか、胃がきりきり痛んだ。
袂《たもと》に忍ばせた熊胆《ゆうたん》を取りだし、爪の先ほど削って舐《な》める。
疼痛《とうつう》が嘘のようにおさまった。
——さあ、まいろう。
見廻りの翳す手燭《てしょく》の光が、時折、漆黒の闇に人影を照らしだす。
見慣れた本丸の中奥とは異なるものの、楓之間へ向かうときの心境に近い。
あくまでも、今夜の仕掛けは自分の意思ですることだ。
橘に命じられてやることではない。
——恨みを……は、晴らしてくれ。
わずかな迷いが生じるたびに、狭間三郎兵衛のことばを思い起こす。
文字どおり、血を吐きながら託した遺言なのだ。
もう少しで目途の部屋へたどりつく。
廊下は静まりかえり、耳を澄ましても寝息すら聞こえてこない。
もはや、後戻りはできなかった。
この手で大御所を討たねばならぬ。

蔵人介は大きく一歩踏みだし、廊下の角を曲がった。

——うっ。

おもわず、声をあげそうになる。

何者かが蹲《うずくま》っていた。

「やはり、来おったか」

声の主は、背に隠した火皿を膝の脇に持ってくる。

小柄な輪郭と、丸眼鏡を掛けた老臣の皺顔が浮かびあがった。

「橘さま」

「そうじゃ。たわけめ」

「何故、ここに」

「詮索無用じゃ」

さらに問いかけようとすると、橘は「しっ」と遮《さえぎ》った。

「喋るでない。心して聞け」

一拍間を置き、橘は呻くように告げる。

「つい今し方、大御所さまは身罷《みまか》られた」

「えっ」

手足が一瞬にして硬直する。

「まことじゃ。その場しのぎで申しておるのではない」

緊張の糸が切れ、あらゆる感情が音を起てて崩れていく。

頭のなかは真っ白になり、橘のはなすことばも浮遊しているように感じられた。

「誰ひとりとして、ご臨終《りんじゅう》に立ちあえなんだ。おそらく、お匙《さじ》は御役御免を申しつけられよう。後顧《こうこ》のこともある。当面のあいだ、ご逝去のことは伏せられるにちがいない。水野越前守さまはさように決められ、上様に言上《ごんじょう》なさるであろう」

「……そ、そんな」

「おぬしの存念はわかっておる。されど、胸の奥深くにしまっておけ」

橘は涙さえ浮かべ、慈愛の籠もった眼差しを向けてくる。

蔵人介は身動きひとつできない。

「よう聞け」

橘は厳しい顔に戻り、きゅっと襟を正す。

「西ノ丸御留守居、豊橋讃岐守。大奥御年寄、豊橋。申すまでもなく、右の両名は獅子身中《しししんちゅう》の虫にほかならぬ。すみやかに、成敗《せいばい》いたすべし」

密命であった。

ふっと、皿の火が消える。

橘は能太夫のごとく立ちあがり、滑るように離れていった。

廊下の向こうから人の気配が近づき、にわかに騒がしくなってくる。

急報を聞いた側近たちが、押っ取り刀で寝所のそばへ向かっているのだ。

心にぽっかり穴が空き、虚《むな》しい風が吹きぬけていく。

蔵人介は踵を返し、痕跡も残さずに消えていった。

十二

三日後、雑司ヶ谷感応寺。

大御所家斉は、呆気なくも身罷った。

が、いまだ表向きにはされていない。

側近には箝口令《かんこうれい》が敷かれたので、重臣たちのなかで知らぬ者も多かった。

常のように侍っていた御留守居の讃岐守と御年寄の豊橋は、いち早くその死を認知していた。

ところが、悲しい様子など毛ほどもない。

そもそも、亡き者にしようとしていたのだ。逝去の公表とともに、感応寺へ御霊を安置する目途も立ち、内心はほくそ笑んでいることだろう。

自分たちの欲望を満たすことしか頭にない連中に、身を犠牲にして死んでいった小姓の気概などわかるはずもなかった。ふたりは変事の真相を隠蔽しようとした張本人なのである。

家斉謀殺という身勝手で無謀な企てが、狭間文吾を死に追いやった。自慢の我が子を失った父三郎兵衛の怨念は、当然のごとく、欲深い御留守居役と妹にも向けられるべきだ。

「狭間どの……」

蔵人介は、厚い雲に覆われた空に呼びかけた。

今日の役目には、密命を果たすこと以上の意味合いがある。この手で介錯した友を懇《ねんご》ろに弔うためにも、淀みなく事をやり遂げねばなるまい。

讃岐守と豊橋の兄妹が揃って感応寺を訪れたのは、おおかた、日啓に恩を売るべく偽造した遺言状をみせにきたのにちがいなかった。

家斉が死んだとなれば、遺言状は大きな意味を持ってくる。後ろ盾を失った逆風のなか、日啓一派が生きのこる唯一の寄る辺《よるべ》となるかもしれず、そうなれば兄妹の存在はいやが上にも大きくなるはずであった。

もはや、狙いは明確だった。家斉不在でも権力を保つ道を模索し、兄妹は姑息《こそく》な手を考えついたのだ。

感応寺の惣門脇には「南無妙法蓮華経」と髭題目の刻まれた大きな石塔が佇んでいる。今から五年前に安藤対馬守《あんどうつしまのかみ》の下屋敷跡地約三万坪を下賜され、翌年には本堂、経堂、釈迦堂、鎮守堂、庫裏《くり》、僧坊など二十を超える壮麗な塔頭群が建立された。

簡単に言えば、お美代の方が家斉にねだって築かせた寺だ。時あたかも大飢饉のさなかであった。内心では憤懣《ふんまん》を抱きつつも、諸侯諸役人で表立って反撥する者などいなかった。

誰もが家斉の顔色を窺うように、たかが側室のために建立した寺に参拝した。将軍家はじめ御三家御三卿、主立った諸大名の参詣も多く、なかでも西ノ丸大奥の奥女中たちは代参と称して頻繁に足を運んだ。

籠の鳥の奥女中たちが通いたくなるような仕掛けもあるという。

水野忠邦が「なまぐさ」と呼ぶ日啓は金色に輝く権威の衣を纏い、日蓮上人の再来などと持ちあげられているものの、裏にまわれば駆りあつめた若い僧たちに淫行の相手をさせているとの噂も囁かれていた。されども、家斉の存命であったころは、寺社奉行の探索などあり得るべくもなかった。

惣門前を眺めれば、赤い毛氈《もうせん》の敷かれた腰掛茶屋や飯屋、蕎麦屋や料理茶屋、仏具屋や小間物屋などが軒を並べる門前町が形成され、けっこうな賑わいをみせている。

石畳の参道は広々としており、中門を抜けると正面に本堂をのぞむことができた。左手には鐘楼、右手には五重塔や庫裏《くり》が並んでいる。

遠く本堂からは、檀家たちの唱えるお題目が聞こえてきた。

「南無妙法蓮華経、南無妙法蓮華経……」

客殿や庫裏のほうに参詣客が近づかぬのは、やはり、昼の日中から奥女中たちが若い僧侶相手に淫蕩《いんとう》に耽《ふけ》っているからであろうか。

蔵人介は跫音を忍ばせ、庫裏の奥へ潜りこんだ。

なるほど、嵌《は》め殺しの障子越しに、甘えたような男の声が漏れてくる。

「豊橋さま、愛おしゅうござります」

「ふふ、殊勝《しゅしょう》なことを言いくさって。名は何と申す」

「なまぐさの日啓どのから一字を貰ったか。頭を剃って何年になる」

「三年にございます」

「三年しか修行しておらぬ小僧に、わらわの伽《とぎ》をさせるとはの。日啓どのにもずいぶん見下されたものよ。されど、まあよい。みてくれは、わらわの好みじゃ。さあ、こちらへまいるがよい」

「はい、豊橋さま」

衣擦《きぬず》れの狭間から、荒い吐息が漏れはじめる。

蔵人介は音も無く廊下にあがり、襖障子の手前に立った。

武悪面を懐中から取りだし、顔に付ける。

口をへの字に曲げた閻魔顔、精魂込めて打った武悪面を付けると、あらゆる雑念は消えていった。

されば、引導を渡してくれよう。

指を引っかけ、襖障子を開いた。

書院造りの床の間には、紅梅の枝が挿《さ》してある。

軸は俵屋宗達《たわらやそうたつ》の描く鶴であろうか。

薄墨で描かれた鶴が群れ飛ぶのにかさねて、法華宗とも縁の深い本阿弥光悦《ほんあみこうえつ》の筆跡になる和歌が書かれている。

——あらざらむこの世のほかの思ひ出に、今ひとたびの逢ふこともがな
藤原道長《ふじわらのみちなが》に「浮かれ女《め》」と綽名《あだな》された和泉式部が短い余命を嘆きつつ、愛しい相手との逢瀬を望んで詠《よ》んだ歌であるともいう。

皮肉にも、豊橋の命は尽きかけていた。

にもかかわらず、おのれの運命も知らぬまま、あられもないすがたになり、若い坊主と乳繰り合っている。

蔵人介は前触れもなく、腰に帯びた「鳴狐」を抜きはなった。

——しゅっ。

電光石火の煌めきに、豊橋は眩《まぶ》しげな目を向ける。

「あっ」

叫んだときには、首を飛ばされていた。

日信は仰天し、気を失ってしまう。

——びゅん。

蔵人介は血振りを済ませ、素早く納刀した。

じつに、あっけないものだ。

権力にしがみつく浅ましい女の欲望は、鬼役の一刀で瞬時に断たれた。

日啓は血の海となった部屋に立ち、おのれの過酷な運命を悟るであろう。

恐怖におののく「なまぐさ」に用はない。

蔵人介にはもうひとり、討たねばならぬ相手がいる。

十三

讃岐守は日啓との密談を終え、本堂の裏手に広がる庭へ向かった。

枯山水《かれさんすい》の向こうには池があり、朱に塗られた太鼓橋が架かっている。

綿密に樹木や石の配された造りは、大名家の下屋敷に築かれた庭のようでもあり、太鼓橋のさきには弁財天《べんざいてん》を祀る祠《ほこら》などもあるのだが、有力な檀家でなければ踏みこむことを許されていない。

讃岐守は庭をのんびりとひとめぐりし、池畔に沿って築山のほうへ歩いていった。

太鼓橋の手前には、日蓮上人の木像が立っている。

もちろん、出開帳の目玉となる祖師像ではないが、人の丈よりも遥かに大きい。

讃岐守は周囲に人気のないのを確かめ、木像に両手を合わせた。

生きのびる算段でも願っているのだろうか。

蔵人介は木陰を離れ、わざと折れ枝を踏みしめる。

——ぱきっ。

折れた枝の音に、尖った耳がぴくっと動いた。

「刺客か」

讃岐守が、振りむかずに問うてくる。

蔵人介は刀を抜かず、さらに近づく。

余裕綽々《しゃくしゃく》の奸臣《かんしん》は、祖師像を背にして振りむいた。

「ほう、閻魔を気取っておるのか。面を取ってみせよ」

命じられたとおり、蔵人介は面を外す。

「ん」

讃岐守は眉をひそめた。

「おぬし、たしか本丸の鬼役であったな」

「いかにも」

「名はたしか」

「矢背蔵人介にござる」

「おう、そうじゃ。御槍指南の首を落とした腕前、なかなかに見事であったわ。で、今度はわしの首を獲りにまいったのか。いったい、誰に命じられたのじゃ」

黙っていると、ふんと鼻を鳴らす。

「橘右近であろう。薄々、勘づいておったわ。あやつが隠密を飼っておることをな。それで、おぬしらの目当ては何じゃ。大御所さまの御遺言状か。ふふ、欲しくばこれにあるぞ」

讃岐守は不敵に笑い、胸に手を当てた。

「されど、おぬしは手に入れられまい。わしの力量がどれほどのものか、知らぬであろうからな」

自慢するだけあって、帯には高価そうな拵えの刀を差している。

「今生《こんじょう》の手土産に、業物を照覧させてやろう」

ずらりと抜かれた刀は、刃長で三尺は超えていよう。

「ふふ、備前長船《びぜんおさふね》よ。これだけの長刀を使いこなせる者は、幕臣にもそうおらぬぞ」

つづけて、脇差も抜いてみせる。

こちらも、刃長で二尺はあろう。

讃岐守は両刀を片手持ちに握り、ばっと左右上段に振りあげた。

文字どおり、牛の角に見立てた構えにほかならない。

「わしはな、暴れ牛の異名を取った武士じゃ。どれ、恐ろしいか。黙っておらず、何か言うてみろ。あの世で閻魔に舌を抜かれるまえにな」

——がちん。

金音を響かせ、二刀の先端を交差させる。

合掌の構えだ。

蔵人介は顔色ひとつ変えず、静かにつぶやいた。

「腐れ外道に語ることばはない。すぐさま、妹のもとへおくって進ぜよう」

「なっ」

讃岐守は狼狽える。

「……と、豊橋を、斬ったのか……くうっ、許せぬ」

二刀を重ねて脇に構え、腹の底から気合いを発する。

「きえ……っ」

鬼の形相で斬りかかってきた。

「転変発する位」と呼ぶ円明流の必殺技だ。

「ふん」

蔵人介は誘いに乗り、袈裟懸けに斬りつける。

これを相手は脇差で受け、右に転じて上段から刀を振りおろしてきた。

虎の尾が後方から素早く襲いかかってくるさまにも似ている。それゆえ「虎乱《こらん》」の別名でも呼ばれる技だが、蔵人介には通用しない。

一寸の見切りで躱しつつ、小手打ちを繰りだした。

「ぬげっ」

長船を握った右手首が、ぼそっと落ちる。

血の噴きだす腕を抱え、讃岐守は蹲《うずくま》った。

力量にあきらかな差がある。

所詮、蔵人介の相手ではない。

死の恐怖を感じたのか、讃岐守は唇を震わせた。

「……ま、待ってくれ……わ、わしに従《つ》かぬか……か、金ならある……そ、それなりの身分も……あ、与えてつかわそう」

蔵人介は血振りを済ませ、素早く納刀してみせる。

讃岐守は安堵の溜息を吐き、つぎの瞬間、ぐんと伸びあがってきた。
「死ね」
乾坤一擲《けんこんいってき》の突きにしては、あまりに弱すぎた。
蔵人介はすっと横に外し、沈みながら擦れちがう。
刹那、「鳴狐」が一閃した。
脾腹《ひばら》を剔《えぐ》るや、ぱっと血が噴きだす。
「ぬん」
讃岐守は横倒しになり、ぴくりとも動かなくなった。
——ちん。
鍔鳴《つばな》りが響いた。
蔵人介は振りかえり、讃岐守の懐中から奉書紙《ほうしょがみ》を拾いあげる。
ざっと、目を通した。
家斉の判が捺された偽の遺言状だ。
細かく破り、太鼓橋を渡りはじめた。
池畔に植わった梅が、咲きほころんでいる。
破った紙は花弁のごとく舞い、水面に流されていった。

妊臣の惨めな屍骸を、祖師像だけが静かにみつめている。

俯いた蔵人介の耳には、馴染んだ気合いが聞こえてきた。

――きぇええ。

それはまちがいなく、狭間三郎兵衛が公方家慶に槍を指南するときに発する声であった。

無念は晴れたのであろうか。

問いかけても、こたえは返ってこない。

蔵人介の胸には、虚しさだけが去来していた。

刀下《とうか》の鬼

一

上野山の桜も見頃になったという報せを聞き、矢背家の面々は嬉々として寛永寺へ向かった。

三橋を越えて黒門も潜り、吉祥閣を正面に眺めて清水《きよみず》観音の後方へまわる。

大御所家斉に随伴して参じたころとは様変わりし、境内には穏やかで華やいだ光景が広がっていた。

何と言っても、主役は桜だ。

上野山は鳴り物が禁じられているので、飛鳥山《あすかやま》や墨堤《ぼくてい》などにくらべると老人や女子供が多い。手習いの師匠に連れられた子供たちもいれば、揃いの日傘をさした娘たちもおり、この日のために誂《あつら》えた花見小袖を纏った娘たちは、誰に気兼ねすることもなく、はしゃぎまわっている。

見事に花を咲かせた桜木の枝から別の枝へと縄を張り、小袖を幕代わりに吊したなかで、お重を突っつく者たちもあった。

幕の数はざっと三百、そのなかのひとつから声が掛かる。

「みなさま、こちらにござります。座所をお取り申しあげましたぞ」

自慢げに胸を張るのは、先乗りした下男の吾助と女中頭のおせきだ。

武家奉公の町娘たちも、嬉しそうに手を振っている。

「おやおや、ご苦労さま」

志乃は先頭に立ってみなを引きつれ、いそいそとそちらへ向かう。

纏う打掛けは濃紺地に金糸で彩られた鳳凰唐草《ほうおうからくさ》模様、腰に巻く帯は茶の幸菱《さいわいびし》繋ぎ、大柄な体軀《たいく》ゆえに豪華さはいっそう際立つ。

かたわらの幸恵も負けてはいない。

こちらは艶めいた黒地の打掛けで、裾には源氏香《げんじこう》と草花の模様が配され、帯は鼠《ねず》地《じ》の牡丹唐草である。

志乃は「箪笥の肥やしを引きだす好機」と笑ったが、豪華な着物を纏ったふたりは周囲の目を引き、大奥の高貴な女官ではあるまいかと見紛《みまが》うほどだった。

幕内にたどりついてみれば、八畳大の広さに花茣蓙《はなござ》が敷きつめられ、お重も堆《うずたか》く積まれている。

「お花見細見《さいけん》にも、こうあります」

志乃は唄うように口ずさんだ。

「『上野山の桜は種々《くさぐさ》ありて、その数何と二十数品、名をあげつらねれば、彼岸に有明に楊貴妃《ようきひ》、愛染《あいぜん》に普賢、大手鞠《おおてまり》に小手鞠《こてまり》、山桜に牡丹桜、大挑燈《おおちょうちん》に小挑燈《こちょうちん》、薄雪に夜の雪、大しだれに小しだれ、清水観音の裏手には虎尾《とらのお》、大仏殿の向こうには大樹の犬桜《いぬざくら》、墨染《すみぞめ》、吉野《よしの》、延命《えんめい》とつづき、とどめは八重にてござ候。開花の遅速ありといえども、追々に咲きつづけ、晴天十日の勧進《かんじん》相撲がはじまるころまで花の絶ゆることなし』と」

よくぞ、すらすら諳《そら》んじられたものだ。

蔵人介は感心するというより、呆れてしまった。

「ほんに、よい景色だこと」

珍奇な扮装《いでたち》の茶番どもが「お重を所望、お重を所望」と戯《ざ》れた調子で踊りながら覗いてくる。

「ならぬ、ならぬ」

と、吾助が応じた。

「お重の中身は、お煮染《にし》めになます、贅《ぜい》を尽くしたちらし寿司、野摘みの山菜、潮干狩りの蛤《はまぐり》、種々取りまぜてござ候。たとえば、この早蕨《さわらび》は角筈《つのはず》村の熊野十二《くまのじゅうに》所権現社《しょごんげんしゃ》にて摘みし手摘みの馳走なり。はたまた、この煮蛤《にはま》は朝未《まだ》き高輪《たかなわ》の浜に出て、大潮の引く正午まで粘りて採りたる代物。いかに剽軽《ひょうきん》踊りを披露してみせたとて、茶番なんぞにくれてやるものか」

お定まりの掛けあいといった風情で、茶番は志乃から小銭を貰っていなくなる。

隣では緋毛氈《ひもうせん》を敷いたうえで、三味線の師弟とおぼしきおなごらがおちょぼ口で酒を嗜《たしな》みつつ、小唄に合わせて手踊りなんぞを踊っていた。飲酒も小唄も浄瑠璃も禁じられているとはいえ、多少ならばご愛嬌《あいきょう》と目を瞑り、咎《とが》めだてする者とていない。

艶《なま》めかしく踊る娘たちのすがたは、満開の花と同様に目の保養になる。

卯三郎と串部が口を開けて見惚れていると、幸恵が陽気に窘《たしな》めた。

「さあさあ、お箸を取りなされ」

お重を横にずらりと並べ、めいめいに直箸《じかばし》で突っつきはじめる。

今日は無礼講なので主従の別もなく、座る場所も定まっていない。

蔵人介の隣には、幸恵がちゃっかり寄りそった。

「はい、おまえさま」

甘えた口調で呼びかけ、野摘みの山菜を皿に取ってくれる。

蓬《よもぎ》に芹《せり》、土筆《つくし》に嫁菜《よめな》、いずれもさっと湯がいておひたしにしたものだ。

おかかを盛って醤油をちょろりと垂らし、口のなかで香りを楽しむ。

「春ですね」

と、幸恵が囁いた。

蔵人介はうなずき、早蕨の煮付けを口に入れる。

「まこと、春よな」

志乃も直箸でお重を突っつき、満足げに微笑む。

別のお重には、浅瀬で釣った鱚《きす》の唐揚げやら、大潮が引いたあとの干潟で拾った鰈《かれい》の煮付けなども見受けられた。

「桜の下でいただくお重は、何故こうも美味なのでござろうか」

串部は矢継ぎ早に盃を干し、赤ら顔で呵々《かか》と嗤う。

和気藹々《わきあいあい》と過ごすうちに、一転空は掻き曇り、小雨がぱらついてきた。

それでも、矢背家の面々は慌てず騒がず、平気な顔で濡れるに任せている。

「雨もまた花見の一興」

志乃は悠然とうそぶき、切髪を雨に光らせる。

しばらくして雨も熄《や》んだころ、吉祥閣のほうから駕籠の一行があらわれた。

どうやら、瑠璃殿とも呼ぶ根本中堂のほうで雨宿りでもしていたらしい。

駕籠は蓙打棒黒《ござうちぼうくろ》の忍び駕籠で、棒の前後が太い黒の八つ打紐で蝶結びにしてある。担ぎ手の轎夫《きょうふ》は先棒ひとりに後棒ふたり、手替わりすらもいない。供人の数も少ないようだが、乗っているのは身分の高い殿さまにちがいないと、蔵人介は見破った。

いずれにしろ、緊迫した空気を放っている。

志乃もそれと気づき、じっと駕籠を睨んだ。

「高貴なお方のようじゃな」

蔵人介は身を乗りだし、供人の先頭を歩く編み笠の人物に注目する。

はっとした。

筆頭目付の鳥居耀蔵にまちがいない。

風体でわかったのは、蔵人介だけであろう。

鳥居ほどの者が、遠慮して供先を買ってでている。

となると、駕籠の人物は老中首座の水野忠邦であろうか。

「お忍びで桜を愛《め》でにこられたのか」

志乃が発したときだった。

——どどん。

凄まじい爆裂音に、腹を揺さぶられた。

蔵人介もみなも咄嗟に伏せ、恐る恐る顔を持ちあげる。

粉塵《ふんじん》が濛々《もうもう》と舞うなかに、供人たちが倒れていた。

「蔵人介どの、早う助けておあげなされ」

志乃に促され、駕籠のほうへ駆けていく。

供人の何人かが、呻き声をあげていた。

一行のそばで火薬玉が爆発したのだ。

近くに刺客が潜んでいるかもしれぬ。

周囲に気を配りつつ、惨状のただなかへ踏みこんだ。

横倒しになった駕籠から、忠邦が這いだしてくる。

「ご老中、ご老中」

顔じゅう煤《すす》だらけの鳥居が、必死に叫んでいた。

どうにか難を逃れた忠邦は、茫然自失《ぼうぜんじしつ》の体で立ちあがる。

「越前守さま、ご無事であられますか」

鳥居の声にも反応しない。

耳がよく聞こえていないらしい。

「……こ、この者は誰じゃ」

顎をしゃくったさきに、誰かが倒れている。

「あっ」

蔵人介は、おもわず声をあげた。

公人朝夕人の土田伝右衛門であった。

駆けよろうとするや、何者かが小脇を擦りぬけていく。

「ん」

蔵人介に先んじて駆けより、伝右衛門を助けおこした。

御膳所で目にしたことのある若い男だ。

「ひどい怪我にござる。されど、息はありますぞ」

男は手拭いを裂き、腹の傷口をきつく縛った。

「うっ」

伝右衛門が薄目を開ける。

蔵人介をみつけ、何か言いたい素振りをみせた。

「いかがした、伝右衛門」

耳を近づけると、鞴《ふいご》のように呼吸する。

「……ふ、不覚をとり申した」

そう漏らしたきり、気を失った。

「おい、しっかりせい」

頬に平手打ちをくれようとして、若い男に止められる。

「それがしにお任せを」

「おぬし、何者だ」

「矢背さま、お忘れでござりますか。湯方御家人の山田周平《やまだしゅうへい》にござります」

「山田……」

はじめて聞く名だが、やはり、御膳所で見掛けていたようだ。

山田周平は立ちあがり、伝右衛門を軽々と背に負ぶう。

「矢背さま、この方は伝右衛門どのと仰るのですか」

「さよう、公人朝夕人の土田伝右衛門だ」

「かしこまりました。されば、拙者にお任せを。けっして、土田どのを死なせはいたしませぬ」

山田は毅然《きぜん》と言いはなち、伝右衛門を背負ったまま走りだす。

塵芥の向こうに遠ざかる後ろ姿を、蔵人介はじっとみつめた。

「おい、何をぼやぼやしておる。ご老中の防《ふせぎ》にまわれ」

鳥居に叱咤《しった》され、我に返った。

いつのまにか、轎夫たちが駕籠を担いでいる。

蔵人介は不本意ながらも、供の列にくわわった。

二

伝右衛門の無事を確かめるべく、橘右近に接触をはかろうとおもったが、城内ですがたを見掛けることはなかった。

権力の中枢を脅かす策謀が蠢《うごめ》いていると察し、方々に手配りをしているのだろうか。

だが、手足となるべき伝右衛門を欠く以上、橘の動きは鈍らざるを得まい。

翌朝、蔵人介は味噌汁の香りが漂う御膳所へ向かった。

白い煙をあげるへっついのそばで、湯方御家人と呼ばれる小間使衆が忙しなくはたらいている。

山田周平と名乗った若い侍は見当たらない。

そもそも、何故、寛永寺の参道に居合わせたのだろうか。

伝右衛門の容態とともに、そのあたりも問うてみたかった。

あきらめて踵を返しかけたとき、前野佐兵衛《まえのさへえ》という御膳所頭が叫んだ。

「湯方の山田はおらぬか。山田周平は何処におる」

太い柱の陰から、山田がひょっこり顔を出す。

「ここにおります。山田周平はここに」

「おう、周平。みなの者も聞いてくれ。周平のやつがな、たいそうな手柄を立てておったのじゃ」

先月の御鷹狩りの道中、公方家慶が白湯《さゆ》を所望した。そのとき、たまさか同道していた山田周平が機転を利かせ、薄塩の桜湯をお運びしたのだという。

「こやつめ、桜の花弁《はなびら》まで浮かせおった。塩の加減といい、温《ぬる》めの加減といい、喉を潤すのに最上の桜湯であったと、上様はことのほかお喜びになり、恐れ多くも後日あらためて褒美を取らせると仰せになったそうじゃ。ふはは、周平よ、こっちに来ぬか」

前野は少し鬱陶《うっとう》しいところがあるものの、上役としては面倒見のよいほうだ。

「おぬしは御膳所の誉《ほま》れじゃ」

と、山田周平の肩を叩いて無邪気に喜ぶ。

迷惑そうにはにかむ顔が、こちらに向けられた。

最初からわかっていたかのように、傍らへ近づいてくる。

「矢背さま、お恥ずかしいところをおみせいたしました」

「何も恥ずかしがることはない。花弁を浮かせるとは、なかなか粋なはからいではないか」

「からかわないでくだされ。そんなことより、朝餉《あさげ》の吸い物は蛤にござりますぞ」

「ふむ、そのようだな」

うなずいてやると、人懐こく笑いかけてきた。

「土田どのは、お命をとりとめました」

知りあいの蘭方医にみせたところ、骨に達する傷ではないので、半月もすれば快復するとのことらしい。

「半月も掛かるのか」

「腹の傷がぱっくり開いておりましたからね。多くの血を失ったせいか、意識はまだ朦朧《もうろう》としておられます」

「さようか」

本所にある蘭方医のもとで今も厄介になっていると聞き、蔵人介は安堵の溜息を吐いた。

「ご安心なされましたか。土田どのとは、何か格別な関わりでも」

探りを入れられているようでもあったが、屈託のない笑顔のせいか、警戒心は湧かない。

「以前からの知りあいでな」

「ほう。上様のお毒味役が、上様の尿筒を持つ御仁と知りあいと仰る。ずいぶん意外なおはなしにござりますね」

「人と人の繋がりなど、わからぬものさ。身分やお役目の垣根を越えて親しくなる者もおる」

「なるほど」

山田は今ひとつ納得のいかない様子だが、橘右近から隠密御用を下される関わりであることを告げるわけにはいかない。

山田は小首をかしげた。

「いくら考えても、わからぬことがございます」

「何であろうな」

「上様のおそばにあるはずの土田どのが、何故、あそこにおられたのでございましょう」

それは蔵人介の抱いた疑念でもある。

考えられるのは、橘の密命を受けて水野忠邦の防にまわったということだ。

大御所家斉の逝去が公表されて以降、忠邦は過酷な施策を講じるべく、せっせと地均《じなら》しをすすめている。一方、西ノ丸派と呼ばれた高禄の重臣たちは、いつ何時首をすげ替えられるかもしれぬという不安から、忠邦への反撥を強めていた。なかには公然と反旗を翻す者もいるなか、橘が忠邦の身を守るべく伝右衛門を随伴させたということは充分に考えられる。

だが、山田周平に伝えるべきはなしではない。

「伝右衛門はおおかた、身を盾にして火薬玉から駕籠の主をお守りしたのであろう。

それをおもうと、不憫《ふびん》でならぬ」

「まことにござりますな。平常は黒子に徹し、いざとなればお偉い方の盾となる。傷を負って死にかけても、褒美のおことばがあるわけでもなし。浮かばれぬお役目にござります」

「役目とはそういうものさ」

「たしかに。浮かばれぬと申せば、鬼役も同じようなものかもしれませぬな」

山田はじっくり間を置き、おもいがけない台詞を吐いた。

「毒を啖うて死なば本望と心得よ。それだけ厳しい覚悟を持たねばならぬと、桜木さまも仰せでした」

「桜木とは、桜木兵庫のことか」

「いかにも」

笹之間から去った相番の肥えた顔が脳裏を過《よ》ぎる。

あれだけ鬱陶しかった男の顔が、居なくなってみれば懐かしい。

桜木は蔵人介に教わった受け売りのことばを、どうやら、若い湯方御家人に告げていたようだった。

「ご無礼を顧みずに申しあげれば、いつもお役目に徹しておられる矢背さまを、それがしは秘かに敬っておりました。鬼役にくらべれば、われら湯方御家人の役目は楽なものにござります。何せ、御膳所で湯を沸かしておればよいのですから」

「御鷹狩りに随行するお役目もあろう」

「稀《まれ》にでござりますよ」

しかも、湯方御家人には役得もある。

本所松倉町《まつくらちょう》で湯屋を営んでよいものとされ、山田も老いた祖母に湯屋を任せているのだという。

「よろしければ、湯槽に浸かりにおいでください。さほど広くもござりませぬが、箱根湯本《はこねゆもと》から持ちこんだ硫黄《いおう》の粉を湯に混ぜたところ、近所でたいそうな評判になりましてね」

「ふむ、わかった。いずれ参るとしよう。ところで、何故、おぬしは寛永寺の参道におったのだ」

核心をついた問いのつもりであったが、軽くはぐらかされる。

「祖母を連れ、花見に参じておったのですよ」

蔵人介と同様、たまさか爆破の惨状に遭遇し、助けに走ったのだという。

「大きい声では申せませぬが、狙われたのは水野越前守様の御一行であったとか」

「誰かに聞いたのか」

「はい、それとなく」

軽傷を負った供人のひとりが喋ったらしい。

「ご老中のお命を狙った所業だとすれば、恐れ多いことにござります。いまだ、下手人も捕まっておらぬようですし」

「そのようだな」

「されど、それがしのごとき軽輩でも下手人の目星はつきまする」

刺客を差しむけたのは、おおかた、忠邦の締めつけに反撥する西ノ丸派の誰かであろうと、山田は囁いてみせる。

蔵人介も脳裏に描いていたことだ。

繰りかえすようだが、忠邦は西ノ丸派と呼ばれる者たちの一掃を画策し、家慶の了解も取ったうえで行動を起こしている。

なるほど、西ノ丸派の連中は大御所家斉の権威を借り、傍若無人《ぼうじゃくぶじん》にふるまってきた。忠邦が「佞臣《ねいしん》」と呼ぶ者は十指に余り、その筆頭は御側御用取次の水野美濃守忠篤《みののかみただあつ》であるとも言われている。公方家慶のそばに仕える重臣のなかにも、幕政に害毒をおよぼす獅子身中の虫はふくまれていた。

針の筵《むしろ》に座らされた連中の誰かが、先手を打って忠邦の命を奪おうとしたのかもしれない。蔵人介や山田周平ならずとも、それは誰もが容易に描いてみせられる筋書きなのだ。

「反水野派の急先鋒となれば、やはり、美濃守さまにござりましょうか。あるいは、御勘定奉行の田口加賀守《たぐちかがのかみ》さまも怪しゅうござりますな。いまだ御小納戸頭取に留まっておられる美濃部播磨守さまとて外すわけにはまいりますまい。いずれも保身のためならば暴挙をも厭《いと》わぬ方々とお見受けいたします」

「これ、止めぬか。面白半分に憶測いたせば、素首《そっくび》が飛ぶぞ」

「無論、口外はいたしませぬ。ご信頼する矢背さまだからこそ、正直に申しあげておるのです」

「これきり、口を噤むのだな」

「はっ、ご無礼を。どうか、お忘れください」

山田周平は月代を掻き、ぺろっと舌を出す。

噂好きにもほどがあるものの、どうにも憎めぬ男だ。

ともあれ、伝右衛門を救ってくれた礼を言い、蔵人介は御膳所を離れた。

三

翌夕、矢背家の庭は俄《にわか》道場と化した。

「ぬお……っ」

気合いを発したのは宗像理左衛門《むなかたりざえもん》、市之進が連れてきた御徒目付の筆頭組頭だ。

幸恵の父の実弟にほかならず、幸恵や市之進にとっては叔父である。元服してすぐさま、世継ぎに恵まれなかった格上の宗像家へ養子に出された。宗像家の先代は御目付に就いているので、本人も同役への昇進を強く望み、周囲からも順当に昇進するものと目されていたが、さきごろ、浦賀《うらが》奉行への転出を告げられた。

告げた人物は、今や水野忠邦の懐刀と自他ともにみとめる鳥居耀蔵だった。

宗像は有能であるがゆえに鳥居から疎《うと》まれ、同格の御目付ではなく、格下の遠国《おんごく》奉行として浦賀へ左遷されるとの噂も囁かれていた。

もっとも、本人は沈んだ素振りなど微塵《みじん》もみせない。

「浦賀は江戸湊を守る要である」

みずからは要石《かなめいし》となるべく、粉骨砕身役目に従事する所存であると、周囲の者たちに誓ってみせたという。

武士なのだ。

風貌は荒武者のように猛々《たけだけ》しく、縦も横も大きい。それでいて、下の者たちに何やかやと気を配る細やかさを兼ねそなえている。

したがって、組下からの人望は厚かった。

矢背家を訪ねてきたのは、花見遊山のさきで惨事に巻きこまれたことへの見舞いだという。詳細は市之進から聞いていたらしく、的に掛けられた水野忠邦の身をしきりに案じていた。

一瞬だけ顔を強ばらせたのは、志乃がさりげなく「殺傷するには火薬の量が足りんかった」と漏らしたときであったが、探索を旨とする徒目付の習性であろうと深くは考えなかった。

それと、訪ねてきた理由はもうひとつ、浦賀へ発つまえに蔵人介と一手交えるためであった。

宗像は筋骨隆々で髪も黒々としており、還暦を過ぎているとはおもえない。

幸恵も自慢の叔父らしく、志乃に向かってしきりに武勇伝をはなしていた。

「叔父上に睨まれたら最後、悪党奸臣どもは詰め腹を切る覚悟をせねばなりませぬ」

徒目付として、数々の手柄を立ててきたという。

同役に就く市之進にとっては、手本とするべき人物でもあった。

余計なことは喋らぬ幸恵が饒舌《じょうぜつ》に褒めそやすので、志乃は口も挟まずにじっと耳をかたむけている。

蔵人介は喜んで、宗像の申し出を受けた。

何せ、並みの剣客ではない。

一刀流《いっとうりゅう》から派生した天心独明流《てんしんどくみょうりゅう》の達人なのだ。

剣聖伊藤一刀斎《いとういっとうさい》の編みだした奥義「払捨刀《ほしゃとう》」を会得している。

一介の剣客として、強い相手との勝負を望むのは本能と言うべきものだ。

広縁に座って眺める卯三郎や串部も興味津々の様子で、木刀が激しくかち合うたびに拳を固めていた。

「ねや……っ」

宗像は基本の構えである下段青眼から、袈裟懸け、突き、払いと、自在に技を繰りだしてくる。

一方、蔵人介は青眼崩しの小手打ちでどうにかしのぐものの、押されているようにしかみえなかった。

宗像にはどれだけ動いても、気息《きそく》の乱れというものがない。

脇構えの摺《す》りあげから、引いた木刀を手の内に廻し、峰で蔵人介の木刀を跳ねあげながら打つ。

そうかとおもえば、下段青眼の構えから摺りあげて払い、小手打ちを狙い、刀を降ろして小手を掬いあげるように払い、はっとばかりに跳躍するや、広範囲を一文字に薙《な》ぎはらう。

身を一カ所に留めることなく、ひとつひとつの動きが理にかなっている。

蔵人介の目でみても無駄な動きは一切なく、一撃必殺となるべき技を当意即妙に繰りだしてきた。

――止めどなく奔流がほとばしる動き。

まさしく、それこそが「払捨刀」の要諦なのだ。

伝書に曰《いわ》く「それ切っ先で斬るにあらず、鍔元《つばもと》にて円を描くがごとくなり」とも記されるとおり、宗像は容易にとらえがたき円を描きながら、こちらの間隙を狙って乾坤一擲《けんこんいってき》の一刀を打ちこんでくる。

さすがの蔵人介も、本来の冷静さを失うほどであった。

「まだまだ」

宗像は小鼻をひろげて言いはなち、右八相に高く構える。

顎からは、玉の汗が滴《したた》っていた。

蔵人介も同じだ。

これほど汗を掻いたのは、いつぶりのことであろうか。

「まいる」

宗像はぐっとからだを沈め、伸びあがるように胴打ちを仕掛けてきた。

「ぬりゃ……っ」

「何の、ふえ……っ」

蔵人介は胴打ちを弾き、逆しまに面打ちを狙う。

宗像は絶妙の間合いで、すっと身を引いた。

誘いの一手だ。

入り身になって腰を落とし、至近から柄砕《つかくだ》しを狙ってくる。

「ぬはっ」

蔵人介はたまらずに飛び退き、青眼に構えなおしつつも、肩で息をしはじめた。

「なかなかの見物じゃ」

志乃は嬉しそうだ。

みずからも薙刀を手にして、一手交えたそうな様子だった。

やがて、ふたりはどちらからともなく、身を離していった。

宗像は表情をやわらげ、上段に構えた木刀をすっと降ろす。

「無住心剣術《むじゅうしんけんじゅつ》の針ケ谷夕雲《はりがやせきうん》ならば、相抜《あいぬ》け成就と叫んだやもしれぬ。おぬしを訪ねた甲斐があったわ」

「こちらこそ、久方ぶりによい汗を掻かせていただきました」

蔵人介も木刀を降ろし、ほっと溜息を吐いた。

「あいかわらず、お強いですな」

袖で汗を拭い、浦賀奉行への就任にあらためて祝辞を述べる。

「なあに、左遷じゃ」

宗像は戯《ざ》れた調子で言い、月代をぽりぽり掻いた。

「わしがおらぬようになっても、江戸の徒目付には市之進がおる。少しばかり頼りない甥ではあるが、まあ、何とかなるであろう。長らく鳥居さまに干されておったがな、このところは人手不足ゆえ、市之進にも活躍の好機はおとずれよう。手柄のひとつも立てれば、上も見直してくれるに相違ない。励むのじゃぞ、市之進」

心のこもった甥への檄《げき》を鬱陶しがる者はいない。

宗像は市之進をしたがえ、風のように去っていった。

志乃が小首をかしげ、ぽつりと漏らす。

「鮮やかな手並みであったが、何やらいつもとちがうような」

すかさず、幸恵が口を尖らせた。

「わたくしには、いつもと同じにみえました。義母上《ははうえ》、どのようにちがっていたのか、お教えくださいな」

「微妙すぎて、わからぬのも無理はない。喩《たと》えて申せば、卯三郎のごとき剣であったやもしれぬ」

「えっ」

廊下から去りかけた卯三郎が振りむいた。

「いや、未熟と言うておるのではない。いつもより、必死さが感じられたということじゃ」

志乃の目に狂いはなかった。

直に木刀を交えた蔵人介にも、宗像の必死さはひしひしと伝わっていた。

それは底知れぬ怒りの発露とも言うべきもので、やはり、期待した役目に就けなかったことへの口惜しさからくるものだったのかもしれない。

この日、宗像理左衛門が手合わせを所望した真の理由など、蔵人介にはわかる由もなかった。

ただ、不吉な予感だけが胸に渦巻いていた。

四

二日後、夜。

蔵人介は浅草今戸《いまど》の『花扇《かせん》』にいる。

橘右近の妾が営む小料理屋で、隠れ家のようなところだ。

橘ではなく、意外な人物に呼びだされた。

北町奉行の遠山左衛門少尉景元である。

江戸のご政道を一手に担う重臣が、派手な色柄の着流しで三味線を爪弾《つまび》いていた。

「白鷺《しらさぎ》が小首かしょげて二の足踏んで、やつれすがたの水鏡」

都々逸坊扇歌《どどいつぼうせんか》の流行歌を、小粋に一節口ずさんでみせる。

金四郎《きんしろう》の名で遊んでいたころを懐かしんでのことだろうが、近頃は変装して市中を探索する暇もないらしい。

蔵人介が畳に両手をついて挨拶すると、苦い顔をつくった。

「勘弁してくれ。おれとおめえの仲じゃねえか。むかしどおり、金四郎って呼んでもらってかまわねえんだぜ。なあ、おたま」

「はい」

酌をする垢抜けた年増は、以前よりふっくらしたおたまだ。

掏摸《すり》を生業《なりわい》にしていたが、金四郎に拾われて密偵を長くつとめたあと、一線から身を引いて『花扇』の世話になっていた。

遠山はちょうど一年前、念願叶って北町奉行への昇進を果たした。

作事奉行や勘定奉行のころは、兇悪な連中とやりあったり、競争相手に足を引っぱられたりもしたが、蔵人介は請われて何度か窮地を救ってやった。おたまといっしょに、危ない橋を渡ったこともある。

「そのおかげで、今のおれがある」

金四郎はお得意の軽妙な口調で持ちあげるが、蘭方医になるべく大坂へ向かった鐵太郎に緒方洪庵を紹介してもらったり、蔵人介もそれなりに恩恵を受けていた。

「おめえさんの顔を拝んでいると、美味えもんが浮かんでくる。愛敬《あいきょう》稲荷の裏手にある『丑市《うしいち》』はおぼえているかい」

「いつぞや、軍鶏《しゃも》の鋤焼《すきや》きを馳走になりましたな」

「おう、それだ。あすこの親爺もすっかり禿《は》げちまってなあ。へへ、それじゃ、南八丁堀《みなみはっちょうぼり》は中ノ橋そばの鮟鱇《あんこう》鍋屋はどうだ」

「もちろん、おぼえておりますとも」

「吊るし切りにした鮟鱇はみられたもんじゃねえが、味噌仕立ての鮟鱇鍋は絶品だったぜ。おれはな、美味えもんは馬の合う相手と食うことにきめてんだ。おめえとは切っても切れねえ縁で繋がっている。そうおもっているんだぜ」

前置きが長いときは、厄介な頼み事をするときだ。

蔵人介は盃を置き、すっと襟を正した。

「おっと、しゃっちょこばらねえでくれ。もうすぐ目の下三尺の真鯛が運ばれてくる。舌の肥えたおめえさんでも、おもわず溜息を漏らす代物だぜ」

言ったそばから襖が開き、二階廻しの若い衆が盤台《ばんだい》ごと運んでくる。

敷きつめられた松葉のうえで、淡い桜色の真鯛が鱗《うろこ》を煌めかせていた。

「ほうら、おつくりだ。白魚も烏賊《いか》もある」

金四郎は嬉しそうに叫び、小皿から谷中《やなか》の生姜を摘んで齧った。

「おれは上様といっしょでな、こいつがあれば充分なのさ」

公方家慶の生姜好きは、つとに知れわたっている。

蔵人介は箸を取らずに、苦笑いするしかなかった。

「おれが北町奉行になった月、木挽町《こびきちょう》の河原崎《かわらざき》座で『勧進帳《かんじんちょう》』の初演が掛かった。おれはな、自慢じゃねえが、弁慶を演じた七代目團十郎《だんじゅうろう》になぞらえられた。物事の白黒をはっきりつける依怙贔屓《えこひいき》のねえ男、しかも、忠義に厚くて人情に濃い天下御免の御奉行さまよと持ちあげられ、その気になっていたものさ。ところがどうだ、今じゃすっかり長《なげ》えものに巻かれる癖がついちめえやがった」

金四郎は手酌で盃を干し、眸子を据わらせる。

「ご老中の顔色を窺わねえことにゃ、町奉行なんて商売はできねえ。一年やってみて、そいつを肝に銘じてな。しかもよ、大御所さまがご逝去されてからは、誰も彼もが針の筵に座らせられた気分でな、西ノ丸派と目されていねえ連中でも戦々恐々としていやがる。何せ、わずかでも失態をやらかしたら、すぐさま御役御免《おやくごめん》になるんだぜ。御目付の鳥居に失態をでっちあげられた者だっている」

鳥居耀蔵に目を付けられたら、まず助からないとおもったほうがよい。蛇のような執念深さで追いこまれ、息の根を止められてしまうのだ。

「みんなは誤解しているが、こいつは派閥争いなんかじゃねえ。水野さまの狙いは、金の節約だ。禄高の高え役人どもの粗《あら》探しをやり、禄をごっそり召しあげる。そいつが真の狙いなのさ。三千石取りの町奉行なんざ、いっとう最初に狙われる。鳥居も町奉行になりたがっているようだしな、いつ何時首をすげ替えられてもおかしかねえ。寄合席《よりあい》に飛ばされりゃ、それで一巻の終わり。二度と浮かばれねえってことさ」

大袈裟なはなしではない。それは金四郎の真剣な態度からもわかる。

「それでな、今夜来てもらったのは、ほかでもねえ、水野さまの防《ふせぎ》をやってもらいてえのよ」

金四郎は水野忠邦に呼びつけられ、直々に命じられたのだという。

「ご政道を司《つかさど》るご老中の身を守るのは町奉行の役目だろうと言われりゃ、なるほど、そうかもしれねえ。でもな、火事だ喧嘩だ強盗だと、お江戸じゃ毎日のように、そこいらじゅうで騒ぎが勃《お》こっていやがる。正直、痒《かゆ》いところに手なんぞ届かねえんだ。かといって、万が一のことでもあれば、おれの首は確実に飛ぶ。そこでな、いろいろ悩んだあげく、天下の鬼役どのに頼むしかねえとおもったわけさ」

要は、金四郎の保身に協力しろというはなしだ。

きっぱり断ってもよいが、寛永寺での出来事に遭遇した行きがかり上、無視はできない。誰かに命じられずとも、老中謀殺を企む連中の正体をつきとめたかった。町奉行のお墨付きがあれば、探索もやりやすかろう。

「じつは、橘さまもそれがいいと仰せでな」

蔵人介は、きらりと目を光らせる。

何故、みずから出向いてこないのか。

橘も水野に懇願され、伝右衛門を防におくった。

伝右衛門は水野の盾となり、みずからの役目を果たしたが、蔵人介までも危険な目に遭わせるのが忍びなかったのかもしれない。

いや、橘はそのような甘い男ではなかった。

やると決めたら、どのようなことでも躊躇《ちゅうちょ》なくやらせようとするだろう。

たぶん、迷っているのだ。水野の命に唯々諾々《いいだくだく》としたがうことに、忸怩《じくじ》たるおもいを抱いているのかもしれない。

橘が悩むほど、水野の専横ぶりは目に余るものがあった。

走狗《そうく》となって動いているのは、筆頭目付の鳥居耀蔵だ。

鳥居の騙し討ちで忠臣とおぼしき人物が失脚しても、公方家慶は何も言わずに水野のやりたいようにやらせている。

自然、誰もが顔色を窺うようになった。

金四郎も例外ではない。

骨のある人物だと期待していただけに、少しばかりがっかりさせられた気分だ。

「十日後、目黒《めぐろ》筋の御拳場《おこぶしば》で上様の鷹狩りがある。水野さまはじめ幕閣のお歴々も三奉行も随伴を命じられた。是が非でも、鷹狩りまでには下手人の目星をつけておきてえ。じつは、怪しいと踏んだ側衆《そばしゅう》がひとりいる」

一拍間を置き、金四郎は意外な名を口にした。

「高力弾正《こうりきだんじょう》、知ってのとおり、家禄四千石の大身旗本だ」

昨年の暮れ、書院番頭《しょいんばんがしら》から平御側《ひらおそば》になった。

七人衆と呼ばれている側衆のひとりだ。七人のうちの三人は、御座之間にて公方と老中の面会を仲立ちする御側御用取次である。筆頭は西ノ丸派の大将格でもある水野美濃守忠篤、高力を側衆に推薦したのも美濃守と言われていた。

要するに、高力も西ノ丸派なのである。

「高力さまが鷹狩りの差配役を仰せつかったのさ。早急に尻尾を摑まねえと、厄介な事になるかもしれねえ」

高力は「弓弾正」の異名を取るほどの弓上手であった。

鷹狩りの差配を命じられたのも、家慶がそのあたりの噂を耳にしていたからだろう。

「近頃はおとなしくしておるようだが、じつは三年前に御手許金の一部を着服した疑いが浮かんでな」

遠山が勘定奉行になりたてのときでもあり、張りきって調べをすすめたやさき、水野忠邦の命で頓挫《とんざ》したのだという。

「理由はわからねえ。でもな、上からの圧力があったのは確かだ。ともあれ、高力弾正は怪しい。どうでえ、助けてもらえるかい」

「かしこまりました」

蔵人介がうなずくと、金四郎はいつもの明るい表情に戻った。

「おたま、三味線だ」

「はいな」

おたまは陽気に三味線を掻き鳴らし、金四郎は鯛の刺身を口に抛りこむ。

「うほっ、こいつは美味えや」

蔵人介は箸をつける気にならず、冷めた酒を喉に流しこんだ。

御小納戸頭取の美濃部播磨守茂矩、御勘定奉行の田口加賀守善行《よしゆき》の両名にたいし、御役御免の沙汰が下されるはこびとなった。すでに両名は内示を受け、自邸にて謹慎を余儀なくされている。播磨守は三千石没収のうえで甲府勤番《こうふきんばん》へ左遷、加賀守は二千石没収のうえで小普請組《こぶしんぐみ》へ編入の見込みとのことらしい。

いずれも、諸役人を震撼《しんかん》させる厳しい措置と言わねばならなかった。

西ノ丸派はいっそう窮地に追いこまれたが、一方では結束を固めて先鋭化することも懸念された。

五

何をさておいても、水野美濃守忠篤を御側御用取次の座から追いおとさぬかぎり、老中首座の水野越前守忠邦としては安心できない。水面下で激しい火花を散らす両者の闘いは、姓が同じだけに「水水合戦」などと揶揄《やゆ》されてもいた。

忠邦による再三の注進にもかかわらず、肝心の家慶が首を縦に振らないのだ。

穏やかな政権移行を望む家慶は、忠邦が西ノ丸派を排除することに諸手を挙げて賛同しているわけではない。身罷《みまか》った家斉の祟《たた》りを恐れ、気がつけば大奥の仏間に籠もって位牌に手を合わせていることもあった。

もはや、西ノ丸の主人は嗣子家定《ししいえさだ》に替わり、大御台所茂姫とおつきの女官たちは間借り先として用意された本丸の大奥へ移っている。ところが、家斉は死してもなお、西ノ丸から睨みを利かせているかのごとき影響力を保っていた。

公方の気持ちがわからぬかぎり、忠邦は墓穴を掘るにちがいない。

そんなふうに、冷めた目でみている重臣たちも少なからずあった。

だが、荒馬は走りだしたら止まらない。

諫《いさ》める者のことばに聞く耳など持たなかった。

今の忠邦を止める手だてがあるとすれば、それは文字どおり、本人の息の根を止める以外にはなかろう。

蔵人介にも、そのくらいのことはわかる。

忠邦本人も感じているのか、外を出歩く際はまさに常在戦場を地でいくような警戒態勢をとっていた。

それでも、本気で命を奪おうとおもえば、いくらでも隙を見出すことはできる。

肝心なのは防を固めることよりも、危うい連中を探りだすことにあった。

寛永寺の参道で火薬玉を爆破させた下手人を捜せば、おのずと裏で糸を引く敵のすがたもみえてこよう。

蔵人介はそう信じ、従者の串部や市之進に命じて、もう一度惨状に遭遇した者たちのもとを訪ねてまわらせた。そして、みずからは水野家の家老に会うべく、芝三田《みた》の水野家中屋敷へ足をはこんだのである。

約束を取りつけた相手は、番頭格《ばんがしらかく》の神林忠八郎《かんばやしちゅうはちろう》であった。

花見警固の差配役で、五日前の爆破の際も駕籠脇にあって軽傷を負っていた。

神林に聞けば、当日の情況が詳しくわかるのではないかと期待したのである。

仲立ちを取ってくれた金四郎によれば、神林は水野家の先代から仕える忠義者で、芯のある人物だという。

訪ねてみると、玄関脇の客間に通された。

しばらくすると、頭髪に霜の混じった老臣がやってくる。

「神林忠八郎にござる。矢背どのか」

「はっ、矢背蔵人介にござります」

「御奉行の遠山さまから、右腕の与力と聞いておる」

不審におもわれるので、本丸の御膳奉行とは言えなかったらしい。

それはかまわぬが、神林は警戒しているのか、こちらの顔を舐めるように覗きこんでくる。

「お怪我のほうは、もうよろしいので」

挨拶代わりに問うと、膝を躙《にじ》りよせてきた。

「何の、蚊に刺されたようなものじゃ」

と笑いつつも、右耳の鼓膜が破れているので、大きい声で喋ってほしいと注文をつける。

「されば」

さっそく爆破前後に怪しい者はみなかったかどうか尋ねたが、これといって得るものはなかった。

肩を落とすと、神林はさらりと話題を変える。

「矢背とはまた、変わった姓じゃな。それがしの親しい者で、その姪っ子の嫁いださきが、そういえば矢背という家であったわ」

「失礼ながら、親しいお方の名は」

「宗像理左衛門」

と聞き、蔵人介は目を丸くする。

神林はつづけた。

「若い時分、道場で鎬《しのぎ》を削った相手でな」

「お待ちを。宗像は家内の叔父にござります」

「ほっ、さようであったか。ということは、おぬし、公方さまのお毒味役ではござらぬのか」

「仰せのとおり、本丸の御膳奉行をつとめております。肩書きを申せばご不審を抱かれるとおもい、敢えて黙っておりました。じつは、先日の爆破で知りあいが大怪我を負いまして、遠山さまからご依頼があったのを渡りに船と、寛永寺の一件をあれこれ調べております」

「さようでござったか。ふむ、かまわぬ。遠山さまが右腕と頼まれる御仁であることにかわりはなかろうし、宗像のご親戚なれば信用せぬわけにはまいらぬ。どうりで、何処かで聞いたことのある姓だとおもうたわ」

蔵人介は胸を撫でおろす。

「宗像叔父は、こちらで何か申しましたか」

「ふむ、矢背蔵人介は幕臣随一の遣い手、わしとて敵う気がせぬと言うておった。あやつと何度か、竹刀《しない》を交えたことがあるのじゃろう」

「三日前も木刀でやり合いました」

「ほっ、それで、どちらが勝った」

「引き分けにござります。叔父に手加減してもらいました」

「持ちあげても、あやつは喜ばぬぞ」

「まっすぐな性分はよく存じております。本気でやり合えば、それがしなど足許にもおよびますまい」

「ふふ、たいがいにせい」

神林は親しい剣友を褒められ、自分のことのように喜んでいる。

仲の良いふたりの関わりが、羨ましくなってきた。

「宗像は何でもはなせる相手じゃ。じつは、見舞いにも来てくれてな。床の間に飾った花は、あやつが携えてきたものじゃ」

目にも鮮やかな菜の花であった。

萎《しお》れていないところから推すと、二、三日以内に訪れたのであろうか。

木刀を交えた宗像の手で菜の花がもたらされたのかとおもえば、不思議な気分にさせられる。

神林はすっかり打ち解け、表情も柔和《にゅうわ》なものになった。

「宗像をわが殿に引きあわせたこともある。殿に目を掛けてもらっていたはずゆえ、順当に出世するとおもっておったが、豈《あに》はからんや、浦賀への転出と相成った。理由はおそらく」

と言いかけ、老臣は口ごもる。

さらに身を寄せ、声をひそめた。

「何でも、西ノ丸派の重臣と外で飯を食ったらしいのじゃが、わしは鳥居耀蔵さまのでっちあげではないかとおもう。ただし、ここだけのはなしじゃ。聞かなかったことにしてもらえぬか」

「かしこまりました」

鳥居ならば、やりかねまい。

神林はすっと身を離し、威厳のある声を発した。

「確たる証拠はないが、黒幕の目星はついておる」

「まことにござりますか。して、その黒幕とは」

「側衆の高力弾正じゃ。わが殿が怪しんでおられてな」

金四郎に高力の名を告げたのも、水野自身のようだった。

「殿のおはなしでは、城中で擦れちがったとき、異様な殺気を放っていたそうじゃ。以前は媚《こ》びを売ってきたのに、近頃は目も合わせぬ。わが殿は、そう仰せでな」

ほかにもいくつか疑わしい根拠があり、家慶への取次をやんわり拒まれたこともあったという。

「きわめつきは、大御所さまご逝去の一報を告げねばならぬ役目であったにもかかわらず、半日近くも放っておいたことじゃ。のう、さようなことが重なれば、疑われても仕方あるまい」

疑う根拠としては弱すぎる気もするが、九日後に控えた鷹狩りで差配役を仰せつかったのは高力弾正にほかならず、神林の言うとおり、警戒を向けるべき相手であることにかわりはなかった。

「じつはひとつ、困ったことがあってな。聞いてもらえようか」

「どうぞ」

「わが殿は明後日、花見船に乗らねばならぬやもしれぬ」

「えっ」

上野山の花見に出向いて凶事に見舞われたのに、性懲《しょうこ》りも無く別の花見に繰りだそうというのだ。

「自重《じちょう》を促したが、わしの諫言《かんげん》なぞ聞く耳を持たれぬ。何せ、上様直々のおことばじゃからの」

「上様がそうせよと仰せになったので」

「さよう」

このところ、気が張りすぎて眸子が三角に吊っておるぞとの指摘を受け、御前船を貸してやるから花見でもしてこいと命じられたらしい。

「わが殿は、謹んでお申し出をお受けになった。『下手人を誘う目途にも使えるし、好都合じゃ』と仰せになってな」

神林も傷の癒えぬ身だが、花見船に乗るつもりだという。

「隠密行動ゆえ、知る者は少ない」

知っているのは御目付の鳥居耀蔵くらいのものだが、家慶が側衆には喋っているはずだという。となれば、高力も当然のごとく知るであろう。

「あっ、そう言えば、見舞いにきた宗像にも喋ったな。うっかり口を滑らせたが、口の固いあやつのこと、万が一にも誰かに漏れる心配はあるまい」

何やら、胸騒ぎがしてくる。

「できればそれがしも、供人の端に加えていただけますまいか」

「喜んで。矢背どのが防におられたら、百人力にござるよ」

遠山にも助力を頼んでおくと告げ、蔵人介は屋敷を辞去した。

六

二日後、十二日。

花見の当日は快晴となった。

部屋数にして十もある御前船が浜御殿《はまごてん》から内海へ繰りだしたのは、正午をまわってからだ。

水野越前守忠邦はいったん千代田城に出仕し、家慶のご機嫌を伺ったのち、下城したその足でわざわざ芝の浜御殿までおもむき、専用の大桟橋に繋留されていた御前船に乗りこんだのである。

幕閣からは老中の土井大炊頭利位《おおいのかみとしつら》が随行し、腰巾着とも言うべき鳥居耀蔵も警固の一翼を担っていた。船に乗ることのできる供人は十人程度に制限されたが、大番《おおばん》や書院番から選りすぐった精鋭たちで固められている。

鳥居は水野家番頭格の神林を差しおいて、供人たちに何やかやと指図を繰りだしていた。蔵人介は神林の口利きで供人の末端にくわわったが、鳥居の甲高い声が耳障りで仕方なかった。

「内海へ出てしまえば、敵も手出しはできまいて」

神林は余裕の笑みを漏らす。

しかし、蔵人介は船上こそが危ういと踏んでいた。

おもわず触れた愛刀の柄は、八寸の抜き身を仕込ませた長い柄に替えていた。目釘《めくぎ》を拇指《おやゆび》で弾けば、仕込み刃が飛びだす。

刺客としての万が一の備えにほかならない。

いざ、栈橋から滑りだしてみると、風はぴたりと止んだ。

凪《な》ぎわたった波間には大小の船がのんびりと浮かび、遊山客は桜が霞とたなびく御殿山《ごてんやま》や八《や》つ山《やま》の景観を海上から堪能していた。

御前船は佃島《つくだじま》を右手に眺めつつ河口へ向かい、永代《えいたい》橋を潜ってゆったり大川を遡《さかのぼ》っていく。

穏やかな陽気に包まれていると、日頃の忙しなさも忘れてしまいそうだった。

新大橋を潜ったあたりから、川は大きく左手に蛇行する。

船首を右寄りに向け、大小の花見船のあいだを縫うように進んだ。

左右に流麗な弧を描く両国《りょうごく》橋を潜ると、遥か右手に墨堤《ぼくてい》の桜がみえてきた。

「ほほう、見事な景色じゃ」

忠邦はおもわず、感嘆の声を漏らす。

並木となって連なる桜は今が盛りと咲き誇り、遠目に眺めてみれば、綿雪の衣を纏っているかのようだ。桜の下には娘たちの花見小袖が小旗のように揺れ、はしゃぐ子どもたちの声も聞こえてくる。

重臣たちは軒下から顔を差しだし、極楽浄土のごとき景色を楽しんだ。

曇りがちな忠邦の表情も、本来の温和なものに戻っている。

酒も料理もすすみ、賑やかしに呼ばれた幇間《ほうかん》が座敷で滑稽な芸を披露すると、たちまちに船内は笑いに包まれた。

蔵人介はひとり賑わいを避け、船尾に座って川面に目を落とす。

蛇行する水脈《みお》が波となり、楕円に広がる波紋は静かに消えていった。

雪融け水のせいで水嵩《みずかさ》は増えているものの、川面は静寂を保っている。

静かすぎることで、かえって不安を掻きたてられた。

自分が襲う立場ならどうするか、蔵人介はずっと考えている。

船に乗るまえから考えていた。北町奉行の遠山に今日のことを告げ、町奉行所としても警戒するように申しいれてあった。遠山は諾《だく》したものの、やはり、人手不足は否めず、せいぜい出すことができても十人乗りの鯨船《くじらぶね》一艘ぶんであろうと応じた。

なるほど、遠山が手配したらしき鯨船が一艘だけ、桟橋を離れたときから追走している。ただし、今日のことにかぎらず、遠山は忠邦から「中途半端な防は不要」と叱られたらしく、鯨船は隠密行動を余儀なくされていた。

「ま、ないよりはましか」

半丁余りの間合いを保ち追走してくる船を、蔵人介はみるともなしにみつめた。

やがて、前方に吾妻橋《あづま》がみえてくる。

浅草広小路と本所中ノ郷《なかのごう》を繋ぐ橋だ。

大川に架けられた橋としては一番新しい。

橋を潜って右手一帯は向島、荒川《あらかわ》との合流地点に近い木母寺《もくぼじ》のあたりまで桜並木が途切れることはない。

このさき、大川と荒川と綾瀬川《あやせ》、三つの川が合流する三つ叉は鐘ヶ淵《かねがふち》と呼ぶ。

鐘ヶ淵から左手の荒川を遡れば、すぐさま、千住《せんじゅ》大橋へたどりつく。

千住大橋の周辺には「網場《あば》」があり、筏《いかだ》師たちが上流の川口方面から流されてくる丸太をそこで筏に組む。筏に組んだ木材を下流の木場《きば》まで流す光景が、今時分は朝に夕に見受けられた。

御前船は千住大橋にも鐘ヶ淵へも行かず、吾妻橋の橋脚をまわって同じ航路を戻る予定でいる。

船首前方を見上げれば、橋の上から鳴り物がどんちゃんどんちゃん聞こえてきた。

「御前船にてござ候、公方さま、お久しや、納める年貢もござんせん、すっかんぴんにござります、お助けを、報われぬ元百姓どもにお恵みを」

うらぶれた風体の物乞いたちが、船上から手が届かぬのをよいことに耳障りな歌をがなりたてている。

「怪《け》しからぬやつらめ。うるさい、止めよ」

鳥居が軒下から首を出し、拳を固めて怒鳴りあげた。

と、そのとき。

太い橋脚の隙間から、丸太が一本流れてきた。

「ん」

蔵人介も不審におもっていると、土井利位が声をひっくり返す。

「あれをみよ」

船首の遥か向こうから、何かが流れてくる。

「丸太じゃ」

一本や二本ではない。
三つ叉のほうから、大量の丸太が流れてくる。
筏に組んでおらず、川面に跳ねている丸太もあった。
勢いのままに激突されたら、一大事になりかねない。
「船をまわせ、早くしろ」
船頭たちは必死に舵《かじ》を切り、棹を操った。
――がつん。
刹那《せつな》、一本の丸太が船首に激突する。
と同時に、船は大きく揺れた。
「うわああ」
乗っている連中が、おもしろいように船上を転がる。
「摑まれ、落ちたら死ぬぞ」
――がつん、がつん。
二本目、三本目と、丸太が矢継ぎ早にぶつかってきた。
そのたびに船は大きく揺れ、悲鳴が湧きおこる。
船は回頭できず、船首を川上に向けたままだ。

跳ねるように襲いかかってくる丸太にたいし、無防備な鼻面を向けていた。
蔵人介はどうにか起きあがり、這うようにして船首へ向かう。
忠邦は備えつけの調度に摑まり、どうにか耐えていた。
船端へ身を乗りだし、川上のほうを覗いてみる。
「うっ」
流れてくる丸太の数が半端ではない。
——がつっ。
ひときわ大きな丸太が激突し、そのまま乗りあげてくる。
——どどど。
屋根の一部が潰れ、供人数人が下敷きになった。
「ひゃああ」
周囲で沈みかけている船もあり、一帯は惨状を呈しつつある。
川面はもんどりうち、船体は上下に大きく揺れつづけた。
背後を探しても、遠山の手配した鯨船はみあたらない。
逃走したか、沈んだかのどちらかであろう。
ともあれ、何とか川端へ漕ぎつけ、窮地を脱するしかなかった。

「寄せろ、船を寄せろ」

鳥居が船頭に向かって、声を嗄《か》らしている。

だが、ここはほぼ川のまんなかだった。

激突の衝撃で川に落ちる供人もいる。

忠邦や利位は、どうにか耐えていた。

――どどん。

またもや、大きな丸太が乗りあげてきた。

番頭格の神林が、目のまえに転がってくる。

蔵人介は手を伸ばし、襟首を摑んで助けた。

「おう、おぬしか。かたじけない」

「だいじござりませぬか」

「わしよりも殿じゃ」

気づいてみれば、流れてくる丸太の数は減っていた。

「神仏のご加護じゃ。危機は去ったぞ」

神林が叫ぶ。

安堵したのもつかのま、いきなり、船首が持ちあがった。

右舷側に穴が穿《うが》たれ、大量の水が船尾へ流れこんでいる。
——ぐおん。
断末魔の悲鳴をあげ、船体が斜めにそそりたった。
「うわっ、沈むぞ、船が沈むぞ」
船頭たちが悲鳴をあげる。
蔵人介は船縁を両手で握りしめた。
「南無三《なむさん》」
神林は念仏を唱えている。
そのとき、反対側の船端から声が掛かった。
「越前守さま、水野越前守さま」
聞き慣れた声だ。
塗りの陣笠をかぶった丸顔の人物が叫んでいる。
何とそれは、北町奉行の遠山本人であった。
みずから鯨船に乗りこみ、配下たちを指揮していたのだ。
——ぐおん。
御前船の船首はさらに持ちあがり、供人たちの多くが川に落ちた。

落ちた連中は鯨船に泳ぎつき、救いあげられていく。

規定は十人乗りでも、近くでみると鯨船はけっこう大きい。これならば全員収容しても、沈まずに岸辺まではたどりつけそうだ。

にわかに、希望が生まれた。

「水野さま、おもいきって川へお飛びください。それがしが一命を賭してでも、お助け申しあげます」

遠山は声を弾ませ、着物を脱ぎはじめた。

褌《ふんどし》一丁になり、ぱちぱち胸を叩いてみせる。

どことなく、嬉々としているようにもみえた。

「よし、まいるぞ」

忠邦は覚悟を決め、着物を脱ぎすてるや、目を瞑《つむ》って川へ飛びこむ。

遠山も船縁に立ち、それとばかりに飛びこんだ。

――ばしゃっ。

水飛沫があがる。

遠山は難なく忠邦を助け、鯨船に担ぎあげた。

土井利位もつづき、鳥居も裸になって川へ飛びこんだ。

遠山は乾いた着物を忠邦の肩にかけてやり、温石まで持たせている。
どこまでも要領の良い男だ。
蔵人介は眉をひそめた。
「わしもまいるぞ、命あっての物種じゃ」
神林も褌《ふんどし》一丁になり、足から川へ落ちていく。
蔵人介も着物を脱ぎすて、船縁を蹴りつけた。
川の水は冷たく、たちまちに手足が痺《しび》れてしまう。
どうにか鯨船に取りつくと、捕り方の連中が担ぎあげてくれた。
振りむけば、御前船は渦潮を巻きたてて沈んでいく。
「南無三、九死に一生を得るとはこのことじゃ」
神林が紫色の唇を震わせた。

七

串部が遠山の筋から伝え聞いたはなしによれば、川を流れてきたのは千住の網場に集められた丸太であったという。

固く縛られていたはずの綱が何者かの手で断たれ、一挙に流れだしたのだ。

下手人は捕まっておらず、目星すらついていない。

それでも、網場を管理する筏師の元締めは懲罰を受けることになった。

「とばっちりもいいところですが、誰かを罰せねば恰好がつかぬのでしょう」

溜息を吐く串部とともに、蔵人介は本所松倉町までやってきた。

表通りの片隅に、湯屋がぽつんとある。

「ここですな」

山田周平が祖母にやらせている湯屋であった。

伝右衛門の容態を尋ねようにも、橘と面会できず、山田のことも御膳所でみかけなくなった。湯屋に来れば会えるとおもい、串部とやってきたのだ。

「本所くんだりまで来てどうかとおもいますが、せっかくですので、湯に浸かってまいりましょう」

「どうせ、湯上がりの一杯を期待しておるのであろう」

「こほほ、ばれましたか」

さきほどから喉が渇いて死にそうだと、串部は大袈裟に嘆いてみせる。

「死ねばよかろう」

「またまた、きついおことば」

暖簾を振りわけ、ふたりは敷居をまたいだ。

男女の別はなく、入込湯《いりごみゆ》のようだ。

番台にちょこんと座る老婆が、周平の祖母であろうか。

居眠りをしている。

串部が起こそうとするのを制し、蔵人介は小銭を番台の縁に置いた。

おもむろに、老婆が薄目を開ける。

何か言いたそうにしたが、あきらめて溜息を吐き、外を指差した。

どうやら、周平は建物の裏にいるらしい。

「可哀相に。はなしができぬようですな」

「ふむ」

周平は釜のそばにいるのであろう。

外に出て脇道から裏へまわると、十ほどの小童が真っ赤に燃えた釜口に薪をくべていた。

「おい、小童《こわっぱ》」

串部が呼ぶと、煤だらけの顔が向けられる。

警戒する目で睨み、ひとことも喋らない。

「無愛想な小童だな。釜焚きはしんどかろう」

「しんどかないわ。余計なお世話じゃ」

「ほう、威勢が良いな」

小童は口を尖らす。

「兄者《あにじゃ》に用なら、呼んでくるぞ」

そう言って、こちらに背を向ける。

すぐさま、山田周平が顔をみせた。

こちらも煤だらけで、白い歯だけが光っている。

「あっ、矢背さまではござりませぬか。ようこそ、お越しくだされましたな」

「おぬし、弟がおったのか」

「これは勘助《かんすけ》と申しまして、血の繋がりはござりません。半年前まで空樽拾いをしておりました」

身寄りのいない勘助を引きとり、弟として届け出たのだという。

「すると不思議なもので日毎に情が湧き、今ではまことの弟も同然にござります。婆さまも勘助のことが気に入り、気鬱《きうつ》の病から抜けだすことができました」

祖母のおよしは三年前、あることをきっかけに、ことばを失ってしまった。

周平が喋りたがらぬので、蔵人介は深入りするのを避けた。

「湯槽には浸かりましたか」

「いいや」

「それなら、裸のおつきあいとまいりましょう」

三人で建物の内へ戻り、祖母が居眠りする番台を素通りして脱衣場へ向かう。

乳房の垂れた梅干し婆が、こちらをみるともなしにみた。走りまわる幼子を捕まえて尻を叩く母親もいれば、萎《しお》れた背中の刺青《ほりもの》を若い者に自慢する爺さまもいる。

妙な連中もいた。

月代を伸ばした浪人どもだ。目つきが尋常ではない。

「野良犬どもめ、垢を落としにきやがったのか」

周平が聞こえよがしに吐きすてると、怒るどころか、尻尾を丸めてすごすご居なくなる。

不思議な光景であった。

「おぬし、侍を飼いならしておるのか」

串部は驚いて問うたが、周平は頭を掻いてみせただけだ。

「ともあれ、湯槽へ」

脱衣場で着物を脱ぎ、さっそく洗い場へ踏みこむ。

客たちはそれとなく三人を避け、石榴口《ざくろぐち》に近づかない。

「さあ、ご遠慮なさらず」

周平に導かれて身を屈め、蔵人介は石榴口にはいった。

湯気が濛々《もうもう》と立ちこめている。

浸かっていた客が外に出て、洗い場のほうへ消えた。

蔵人介が注目したのは、周平の引きしまった裸体だ。

背や腹には、刀傷とおぼしき古傷がいくつもあった。

串部も目敏《めざと》くみつけ、大袈裟な身振りで指摘する。

「おぬし、刀傷を負っておるな。ほれ、そこにも、こっちにもあるぞ」

「渡り中間《ちゆうげん》をやっていたころ、喧嘩に明け暮れておりましてね」

「ふうん、渡り中間だったのか」

「そう仰るご従者も、凄まじい刀傷が随所に。おや、矢背さまも。三人とも、古傷だらけにござりますね。ははは」

周平は朗らかに笑い、ふたりを湯槽に招く。

「あちっ」

串部は爪先を入れ、途端に引っこめた。

「そんなに、お熱うございますか」

周平は平然と湯槽に浸かる。

蔵人介も何ひとつ熱がらない。

串部だけが湯槽の脇でまごまごしている。

周平が笑った。

「矢背さま、いかがです、お湯加減は」

「申し分ない。ところで、伝右衛門はどうしておる」

「疾《と》うに蘭方医のもとを離れ、お宅へ戻られましたよ」

「さようであったか」

「安堵されましたか。それがしもでございます。身を犠牲にしてでもご主人をお守りする忠臣を死なすわけにはまいりませぬ」

このときだけ、周平はことばに力を込める。

蔵人介は問うた。

「近頃、御膳所で見掛けぬようになったが、何かあったのか」

「じつは、湯方御家人を辞めようかと」

「えっ」

「すみません。矢背さまにはまっさきに、ご挨拶申しあげるつもりでした」

「して、辞めてどうする」

「ほかから、お声を掛けていただいております」

「差しつかえなくば、教えてくれ」

「鳥見役《とりみやく》にござります」

「何だと」

声をあげたのは、串部のほうだった。

我慢して湯槽に浸かり、すぐに飛びあがる。

蔵人介は串部を無視し、問いをかさねた。

「おぬし、鳥見になるのか」

「評判のよろしくないお役目であることは、承知のうえでござります。御大名の御屋敷に探りをいれたりする間諜《かんちょう》ですからね」

「それがわかっていながら、受けるのか」

「お世話になった方のお口添えにござります。お断りするわけにもまいりませぬ。

お恥ずかしながら、お手当も倍になります」

老いた祖母のこともあって、決めたのだという。

鳥見は鷹狩りの中核をなす役目でもある。

蔵人介の脳裏に、不吉な予感が過ぎった。

もしかしたら、六日後に迫った公方の御鷹狩りに随伴するのかもしれない。

周平は疑念を見透かすように、ざばっと湯面から立ちあがる。

「じつを申せば、それがしは烏《からす》の行水でして。これ以上浸かっていると、のぼせあがってしまいます」

蔵人介も湯槽からあがった。

串部は名残《なごり》惜しそうに、石榴口から退出を余儀なくされる。

周平が屈託のない笑みをかたむけてきた。

「ご従者どの、二階座敷に冷酒をご用意いたしました。よろしければ、どうぞ」

「ぬはは、そいつはありがたい」

串部は喜びを爆発させ、裸のまま階段を上りはじめる。

火傷《やけど》でもしたかのように、尻だけが猿のように赤い。

「おもしろいお方ですね」

眸子を細める周平に、蔵人介ははっとした。

瞳の奥に、異様な光を感じたからだ。

いや、おもいちがいであろう。

蔵人介は慌てて、不吉な予感を打ち消した。

八

六日後、十九日。

目黒筋と呼ばれる御拳場は、合戦場に様変わりした。

「者ども、久方ぶりの鷹狩りじゃ。存分に暴れてみせよ」

馬上から荒武者のごとく発してみせるのは、菅笠《すげがさ》に狩衣《かりぎぬ》姿の公方家慶である。

八の字髭の先端を松脂《まつやに》でぴんと張らせ、周囲に控える小姓たちを睥睨《へいげい》している。

家斉の逝去からまだ日も浅く、本来なら喪に服しておらねばならぬこの時期に、敢えて鷹狩りを催してみせたのは、天下の覇権は名実ともに我が手にあることを諸侯諸役人に知らしめたいがためであった。

裏を返せば、自信がない。

五十年もの長きにわたって御政道を担い、大御所となってからも多大な影響をおよぼしつづけた。良くも悪しくも存在の大きすぎる父を失ったことへの虚しさは喩《たと》えようもないが、悲しみはさほどなく、むしろ、父の頸木《くびき》から逃れた瞬間は晴れ晴れとした気分になった。

しかし、日を追うごとに、大きな支柱を失ったことへの不安が広がっていった。

今日の鷹狩りは、言い知れぬ不安を除くための催しでもある。

したがって、供揃えは多い。

老中や若年寄のお歴々など、幕閣に名を連ねる重臣たちも馬で参じている。いずれも扮装は菅笠に狩衣、弓矢を負う者もおり、先祖伝来の太刀を佩《は》いている者もいれば、使いもせぬ槍を家来に持たせている者まであった。いずれにしろ、長閑《のどか》な大名行列とは異なり、猛々しい雰囲気に包まれている。

差配役を仰せつかった側衆の高力弾正は、みずからの力量が家慶からためされているのを知っていた。

こめかみをひくつかせているのは、緊張の証拠であろう。

高力のもとで重要な役割を担うのは、鷹を放つ鷹匠であり、獲物となる雉子や雁《かり》などをあらかじめ配しておく鳥見にほかならない。

鳥見頭《かしら》のもとには、獲物を追いたてる勢子《せこ》や犬をけしかける犬牽《いぬひき》などがいる。それらの多くは、近在の百姓たちであった。

賦役《ふえき》に駆りだされた百姓たちにしてみれば、はなはだ迷惑なはなしだ。

野面《のづら》に潜む勢子《せこ》の数は、おそらく、二百を超えていよう。

村の若い衆だけでは足りず、安い手間賃で雇われた食いつめ者もふくまれていた。

蔵人介は防のひとりとして、そうした連中にも目を配っておかねばならない。

家慶のそばには水野忠邦が侍り、水野の背後には鳥居耀蔵が控えている。

鳥居は高力に伺いを立てもせず、先手組《さきてぐみ》から持筒方《もちづつかた》を一隊借りてきた。

ゆえに、硝煙の臭いもたちこめている。

持筒方は徒歩《かち》なので、広大な野原でどれだけ役に立つかわからない。

水野家番頭格の神林忠八郎も老体に鞭打ち、痩せ馬の背にまたがっていた。

蔵人介は徒歩であるにもかかわらず、主人の忠邦を守ってほしいと懇願されている。

「いざとなれば、黒幕とおぼしき高力を捕らえるしかなかろう」

神林はそう言ったが、高力に怪しい動きはみえず、正直なところ戸惑っていた。

いずれにしろ、変事が勃こらぬのを祈るしかない。

――きぃっ、きっきっきっ。

猛禽《もうきん》の鳴き声に目をやれば、鋭い嘴《くちばし》と眼光を持つ大鷹が鷹匠の腕に止まっている。

蝦夷松前藩《えぞまつまえ》より献上された「二代目次郎丸《じろうまる》」であった。

家斉に可愛がられた初代の有能さにあやかり、家慶が同じ名をつけた。

白い眉斑《びはん》と黒い眼帯を持ち、頭の後ろには白斑がくっきり浮きでている。雄であるにもかかわらず、羽を広げれば五丈近くもあり、鳥ばかりか鼠なども捕食する。白地に黒い横斑のある胸から腹にかけての色彩は美しく、見惚れてしまうほどだった。

家慶はことのほか「二代目」を気に入り、城内でもえがけを嵌《は》めた右腕に止めては慈しんでいた。

「よし、はじめい」

公方直々の合図で、勢子たちが一斉に動きだす。

遠くの野面では鳴り物が鳴り、一羽の雉子が飛びたった。

「それ行け、獲物を捉えてこい」

家慶が吼えた。

――ばさっ。

次郎丸が飛びたつ。

曇天に羽を広げ、糸を引いたように滑空していく。

「それっ、者ども」

「おう」

騎馬武者たちが馬に鞭をくれた。

――ばしっ。

馬群が土煙をあげ、突進していく。

「ぬはは、手柄を立てた者には褒美を取らすぞ」

一団の背後から、家慶が煽《あお》りたてる。

誰もが眸子《まなこ》を血走らせ、本性剝きだしで疾駆していった。

褒美のために走るのではない。家慶に気に入られるために走るのだ。

西ノ丸派の連中も、馬群には多数ふくまれている。

死んでも今の地位を守りたいと、誰もが祈念しているはずだった。

個々の優劣がはっきりとわかる鷹狩りは、死に体の者たちにとっては起死回生の好機となるやもしれない。

家慶にも、そうした心理が手に取るようにわかっていた。
それゆえ、鼻先に好餌をぶらさげ、楽しもうとしているのだ。
「行け、駆けよ」
家慶は馬の腹を蹴りつけ、土煙のなかへ突進していく。
側近の一部は馬でつづき、小姓たちは走って追いかけた。
次郎丸はすでに、獲物を射程においている。
鋭い嘴で一撃を浴びせ、鉤爪《かぎづめ》で引っかけた。
雉子はたまらず、真っ逆さまに落ちていく。
忠邦は家慶の背後にしたがい、馬に鞭をくれていた。
――ばしっ、ばしっ。
微妙な間合いを保ったまま、付かず離れず追いかける。
忠邦にとって、獲物などはどうでもよかった。
家慶に命じられ、嫌々ながらも随伴しているだけのことだ。
蔵人介も野面を駆けた。
痩せ馬を走らせる神林に追いつき、小姓の集団からひとり突出する。
馬群に踏みつぶされぬように駆けに駆け、忠邦の馬尻に追いすがった。

が、さすがに、馬よりも速くは走れない。
どんどん離されていった。
「獲ったぞ」
先行した騎馬武者のひとりが、土煙の向こうで叫んでいる。
異変はその直後に勃こった。
――ぱん。
一発の筒音が響き、忠邦とおぼしき人物が落馬したのだ。
「何事ぞ」
叫んだのは、家慶にちがいない。
すぐに馬から下り、よたよた走りだす。
必死に追いついた小姓たちは密集陣形をつくり、家慶の周囲を固めた。
馬に乗った重臣たちも集まり、十重二十重の柵を張りめぐらす。
そして、鳥居の持筒方も脇を固め、火皿に火薬を注ぎはじめた。
誰もが家慶のもとへ向かうなか、蔵人介は忠邦の馬を探して走った。
「殿、殿、ご無事でござるか」
声のするほうへ向かうと、神林が刀の柄を握って振りむく。

「お待ちを、神林さま、矢背蔵人介でござる」

「おう、おぬしか。馬はおるが、肝心の殿がおらぬ」

馬はじっとしているので、落馬したのは確かだった。

落ちたあたりの草叢《くさむら》を調べると、血痕らしきものがある。

「ぬう、怪我を負われたか」

神林は眸子を剝き、周囲をみまわした。

「うわああ」

半丁ほど離れた野面の一角から、勢子たちが逃げてくる。

流れに逆らうように駆けよると、供侍数人が白刃を抜いて闘っていた。

忠邦もいる。

「狼藉者《ろうぜきもの》じゃ、狼藉者を斬りすてい」

相手はどうやら、勢子に化けた刺客たちのようだ。

野良着姿で抜刀した者は、十や二十ではきかぬ。

味方の三倍はいよう。

「殿、殿」

神林は叫び、裾を捲って駆けだす。

——ぱん。

二発目の筒音が耳をつんざいた。

神林が弾かれ、もんどりうって倒れる。

蔵人介は立ちもどり、老臣の肩を抱きおこした。

左肩に穴が開いている。

「……へ、平気じゃ……と、殿をお守りしてくれぃ」

「かしこまった」

蔵人介は中腰になり、風上に目をやった。

三十間ほどさきの草叢が揺れ、きらっと筒口が光る。

蔵人介は身を起こし、風となって駆けだした。

九

——ぱん。

筒音とともに、鉛弾が頬を掠《かす》める。

蔵人介は、かまわずに駆けた。

撃ち手が弾込めをしている。

「やっ」

勢いをつけて跳躍し、大上段から斬りさげた。

「ぐえっ」

撃ち手が斃《たお》れる。

振りかえれば、供人たちが押されていた。

遥か遠くには、家慶たちの一団がいる。

防備を固めて沈黙し、突出してくる気配もない。

忠邦と供人五、六人だけが、野面の一角に取りのこされていた。

「くっ」

蔵人介は脱兎《だつと》のごとく駆け、果敢に斬りこんでいった。

刺客をひとり斬り、ふたり斬り、束にまとめて撫で斬りにする。

「遅いぞ」

怒鳴ったのは、神林だ。

動くほうの片腕一本で闘っている。

「殿、ご安心くだされ。幕臣随一の剣客が助っ人に参じてくれましたぞ」

「おう、そうか」

忠邦は、ほっと安堵の表情を浮かべた。

ところが、背後から新手の一団があらわれる。

「それっ、的がおるぞ」

忠邦は恐怖に脅え、背中をみせて逃げだした。

「お待ちを、殿」

追いすがる神林に、刺客が殺到する。

すかさず、蔵人介が助けにはいった。

「わしにかまうな、殿をお守りしろ」

神林に背中を押され、その場を離れる。

草叢に横たわる屍骸を飛びこえ、忠邦のもとへ身を寄せた。

面識はあるものの、隠密行動ゆえ、防に就いた挨拶はしていない。

忠邦は厳しい顔で質してくる。

「おぬし、もしや、鬼役か」

「いかにも、矢背蔵人介にござります」

「何故、おぬしがここにおる」

事情を説いている暇はない。
——ひひぃん。
栗毛の馬が一頭、至近で嘶《いなな》いた。
みやれば、背に鞍が無造作に置いてある。
これ幸いと、忠邦が駆けだした。
「お待ちを、罠かもしれませぬぞ」
追いかけながら、背中に呼びかける。
案の定、栗毛の足許に何者かが蹲っていた。
手に長筒を抱え、筒先をこちらに向けている。
「ん」
知っている男だ。
「お伏せください、越前守さま」
叫んだ刹那、ばさっと雉子が草叢から飛びだした。
——ぱん。
筒音が響く。
鳥の羽が四散し、雉子が中空でばたついた。

――ひゅん。

そこへ、黒い影が突っこんでくる。

次郎丸だ。

雉子を真横からかつ攫《さら》い、勢いよく飛翔していった。

「越前守さま、ご無事であられますか」

呼びかけると、忠邦は伏せたまま右掌をあげてみせる。

「そのまま、お隠れを」

蔵人介はすぐ脇を駆けぬけ、刺客の正面に立った。

栗毛が鞍を振りおとし、尻をみせて去っていく。

刺客は筒を捨て、腰の刀を抜きはなった。

顔中に煤を塗りたくっている。

だが、正体は見抜いていた。

「うぬは、山田周平だな」

周平は眸子を光らせ、一歩踏みだす。

「邪魔だてはご遠慮願おう」

蔵人介は刀を抜かず、爪先を躙《にじ》りよせる。

「寛永寺の爆破も、大川の丸太流しも、おぬしのやったことなのか」

「さようにござる」

野良着姿の連中は、おおかた、金で雇った浪人どもであろう。

「誰の命だ」

「恩のあるお方にござる。水野越前守は信のおけぬ人物、忠義に厚い配下を平気で見殺しにする薄情者にござる。生かしておいては世のためにならぬゆえ、この手で成敗いたしまする」

「暗示にでも掛けられたか」

「いいえ、それがしの信念にござる。そのお方に命じられずとも、刺客を買ってでたことでしょう。それがしには、越前守を斬らねばならぬ理由があるのです。どうか、そこをお退きくだされ」

「いいや、退くわけにはいかぬ。今一度聞こう。おぬしにかようなことをさせた者の名は」

「言えませぬ。ただ、矢背さまもよくご存じのお方にござる」

「何だと」

「矢背さまが最後の砦《とりで》になるやもしれぬと、予見されておいででした。どうやら、予見のとおりになりましたな。されば、最後の頑強な砦をこの手で取りのぞかねばなりますまい」

「あくまでも、やると申すのか」

おぬしを斬りたくはないのだと、蔵人介は胸の裡《うち》につぶやいた。

「その方のおかげで、それがしは武士の誇りを保ちつづけてこられました。恩に報いるためにも、後へは退けませぬ」

周平は腰を落とし、下段青眼に構える。

「ん」

誰かの立ちすがたに酷似していた。

蔵人介はつぶやく。

「……ま、まさか、おぬしが修めたのは、天心独明流ではあるまいな」

「問答無用」

周平は地を蹴った。

両腕を伸ばし、頭から突きかかってくる。

「ふえい……っ」

蔵人介は刀を抜き、大きく斜めに払った。

――きゅいん。
初太刀を弾くや、火花が散る。
斬ろうとおもえば、一刀で仕留めることはできた。
しかし、見逃したいという気持ちの迷いがあったのだ。
「ごめん」
周平はくるっと踵《きびす》を返し、忠邦のほうへ走った。
刹那、筒音が五月雨《さみだれ》のように響く。
――ぱん、ぱん、ぱん。
おもわず、蔵人介は身を伏せた。
周平が無数の鉛弾を浴び、操り人形のように踊っている。
持筒方の連中が一斉に筒口を向け、二段構えに並んでいた。
「放て、放て」
指揮を執っているのは、鳥居耀蔵だ。
蔵人介の頭上を、鉛弾が通りぬけていった。
やがて、野面は水を打ったように静まりかえる。
硝煙の濃厚な臭いが漂うなか、山田周平は襤褸屑《ぼろくず》となって死んでいた。

「越前守さま、ご無事でござりますか。鳥居にござります、鳥居耀蔵が助けにまいりましたぞ」

静けさを破ったのは、腹黒い腹心の叫びだ。

忠邦は首を持ちあげ、不敵な笑みを浮かべた。

「何のこれしき、造作もないわ」

強がりを吐いた老中の首を、獲ってやりたいとおもった。

そうすれば、周平も草葉の陰で溜飲を下げてくれるにちがいない。

のっそり立ちあがった蔵人介は、尋常ならざる殺気を身に纏っている。

だが、誰ひとりとして目をくれる者はいなかった。

忠邦たちは屍骸を置き去りにしたまま、颯爽《さっそう》と家慶のもとへ戻っていったのである。

十

数日のあいだ、心は揺れつづけている。

市之進に調べさせたところ、宗像理左衛門と山田周平には繋がりがあった。

周平の亡くなった父周一郎《しゅういちろう》が理左衛門と同じ徒目付の組頭で、しかも竹馬《ちくば》の友であったということだ。

「三年前、山田周一郎は妙な亡くなり方をしております」

矢背家の離室《はなれ》で、市之進は渇いた喉を冷めた煎茶で潤し、できるだけ冷静さを保ちながら喋った。

「表向きは病死とされておりますが、じつは切腹なされたのです」

市之進は知らなかった。同じ徒目付だった父の同僚に聞いたらしい。

「山田周一郎さまは生真面目《きまじめ》なお方で、曲がったことが大嫌いな性分であったとか」

まさしく、四角四面な徒目付にぴったりの人物だった。

「ところが、その性分が災いしたようです」

周一郎はとある重臣の不正をみつけ、それを暴こうとしていた。

市之進は眉間に皺を寄せ、帳面の写しを差しだす。

「じつは、北町奉行の遠山さまからお預かりいたしました」

帳面を捲ると、勘定奉行だった遠山の筆跡で、三年前に途中まで調べをすすめた御手許金着服の一件が記されてあった。

調べの対象となったのは、御側衆の高力弾正にほかならない。

遠山自身の口からも聞いていたはなしだった。

「じつはこの一件、調べておられたのが山田周一郎さまだったそうです」

「何だと」

「遠山さまは御勘定奉行に就任なされたばかりで、当時のことをよくおぼえておられました」

周一郎は遠山に向かって、高力弾正の不正を嗅ぎつけた、証拠を摑んで断罪してみせるので内々に助力を願いたいと、頭を下げたらしかった。

ところが、それから数日後、周一郎は切腹して果てた。

「無念腹《むねんばら》であったにちがいないと、遠山さまはお顔を曇らせました」

「無念腹とな」

「はい。ただし、ここからさきのはなしは遠山さまの憶測ゆえ、外に漏らしてほしくないそうです」

「ふむ、わかった」

周一郎は高力弾正の不正に関してある程度の証拠を摑むと、遠山ではなく、まずは上役である鳥居耀蔵を介して水野忠邦に報告した。

ところが、水野は西ノ丸派の中核となる人物にそのことを漏らし、高力の不正をなかったことにしてほしいと頼まれた。そして、諾するかわりに対価を得たのではあるまいか。すなわち、今や敵対する相手とのあいだで密約を交わしたのではないか。

そうした疑惑を、遠山は口にしたのだという。

「対価とは何であろうな」

「老中首座の地位にござります」

なるほど、喉から手が出るほど欲しい対価であったにちがいない。

遠山ほどの者が、何ひとつ根拠もなく口にする内容ではなかった。

おそらく、ある程度の裏は取っているのだろう。

「山田さまは、佞臣《ねいしん》の罪を暴こうと気合いを入れていたにもかかわらず、水野さまに梯子《はしご》を外されたのです。高力弾正の一件はこれ以上の探索不要と命じられ、抗議の無念腹を切った。今にしてみれば、そう解釈するしかないと、遠山さまは仰いました」

当主の身勝手な切腹は言語道断とみなされるはずなのに、山田周一郎の死は病死とされた。山田家は残ったが、妻もあとを追うように亡くなり、一子周平は家を継ぐこともなく行方知れずになったという。

「やがて、山田家は当主不在で改易《かいえき》となります。それが水野さまの望んだ結末だったのかもしれませぬ」

「哀れなはなしだ」

「おそらく、宗像叔父は山田さまの死に不審を抱き、一連の経緯を調べたのでござりましょう」

「そして、無念腹を切った友の恨みを我がものとし、残された息子に救いの手を差しのべた。そういう筋書きか」

「おそらくは」

市之進は苦しげに息をする。

「周平は渡り中間となったのち、叔父の推挙で御膳所小間使衆の末端におさまったのです」

山田は何処にでもある姓ゆえ、誰にも素姓を勘づかれなかったのだろう。

「臥薪嘗胆《がしんしょうたん》、周平は父の恨みを晴らす機会を狙っていたのかもしれませぬ」

三年ものあいだ我慢できたのは、宗像が隠忍《いんにん》自重《じちょう》を強いていたからだと、市之進は憶測する。

「されど、叔父は鳥居さまのでっちあげで、西ノ丸派の要人と会食したことにされました。それを知った水野さまが昇進を見送り、遠国奉行へ転出する内示をおこなったのでござる」

「それで火が付いたというわけか」

周平に命じ、父の恨みと自分の恨みを晴らさせようとしたのだ。

蔵人介は得心がいったように、じっくりうなずいた。

「周平は水野さまのことを『信のおけぬ人物、忠義に厚い配下を平気で見殺しにする薄情者』と言った。その意味がわかった気もする」

「ようやく、はなしが繋がりましたね」

市之進は充血した眸子で吐きすてた。おそらく、昨晩は一睡もできなかったにちがいない。

「それがしは徒目付として、叔父を放っておくわけにまいりませぬ。理由はどうあれ、幕政の舵取りをおこなうご老中を亡き者にしようとしたわけですから」

「されど、おぬしにできるのか。可愛がってもらっておる叔父御に縄を打てるのか」

市之進は口を真一文字に結び、しばらく俯いたままでいた。

そして、今にも泣きだしそうな顔を持ちあげる。

「できませぬ。甥のそれがしが叔父の罪を白日の下にさらし、断罪するわけにはまいりませぬ」

「あたりまえだ。われわれの憶測が真実で、それがそのまま水野さまの耳にはいれば、綾辻家や矢背家とて無事では済むまい」

「どういたしましょう」

「遠山さまは、何か仰ったか」

「いいえ、おはなしいただいたのは、無念腹のことだけです」

いずれ、宗像のことも気づくにちがいない。

そのときに目を瞑ってくれるかどうか、今は判断のしようがなかった。

さて、どうする。

蔵人介にもわからない。

市之進が去って夜も更けたころ、千代田城から予期せぬ使者がやってきた。

死に神かと見紛うほど、げっそりと頬の瘦《こ》けた男だ。

「伝右衛門か」

「ふっ、地獄の底から甦ってまいりましたぞ」

「からだのほうは、もうよいのか」

「耳がよく聞こえぬようになりましたが、それ以外は。ここにこうしておられるのは、親身になって介抱してくれた湯方御家人のおかげでござる」

「山田周平は死んだぞ。鳥居耀蔵の率いる鉄砲衆に撃たれてなあ」

「存じております」

「されば、周平が火薬玉を爆破させた張本人であることもわかっておるのか」

「無論にござる。誰がご老中のお命を狙わせたのかも、狙わせた理由も大筋は摑んでおり申す」

「三年前の出来事を調べたのか」

「はい」

調べて、橘右近にも報告した。

そのうえで、ここにやってきたのだ。

「浦賀へ転出した宗像理左衛門は、ご親戚のようでござるな。ご老中謀殺の企てが表沙汰になれば、おそらく、ご妻女のご実家は改易となりましょう。嫁ぎ先の矢背家とて無事では済みますまい」

「わかっておるわ」

「されば、それがしが参じた理由もお察しのはず」

橘からの密命を携えてきたのだ。

伝右衛門は静かに、それでいて凛然と言ってのけた。

「宗像理左衛門を密殺せよとの命にござります」

「無情だな」

「とんでもない。これは橘さまのご配慮にござる」

綾辻家と矢背家を存続させるには、水野や鳥居に知られることなく、宗像を秘かに葬るしかない。

その過酷な役目を担うことができるのは、蔵人介しかいなかった。

「ご妻女や義弟どのにも内密にせざるを得ませぬな」

伝右衛門の言うとおり、業を背負うのはひとりだけでよい。

「されど、宗像理左衛門は、矢背さまと拮抗《きっこう》するほどの手練《てだれ》にござる。わずかな躊躇が死を招きますぞ。天心独明流の理合《りあい》にも『踏みこめばそこは極楽、刀下の鬼となる覚悟を持て』とござります」

刹那、蔵人介は五体に殺気を纏った。

「おっと、斬るべき相手は浦賀におり申す。されば、拙者はこれにて」

伝右衛門はふわりと身をかたむけ、中庭を支配する闇の狭間に溶けこむ。

「刀下の鬼か」

蔵人介は廊下から月のない空を仰ぎ、深々と溜息を吐いた。

十一

三日後、夕刻。

蔵人介は浦賀の海岸に立ち、背後の丘陵に沈む夕陽を眺めていた。

旅装を整えて市ヶ谷御納戸町の家を出たのは三日前の朝未《あさまだ》きのころ、品川《しながわ》を経て東海道をたどり、その日のうちに多摩川を越えて保土ヶ谷《ほどがや》宿で一泊目の宿をとった。

翌早朝に出立したのちは、金沢《かなざわ》道を南下して金沢八景《かなざわはっけい》の瀬戸《せと》神社に詣り、西に延びる六浦《むつうら》道をたどって朝比奈《あさひな》切通《きりどおし》から鎌倉《かまくら》へはいった。

鎌倉へ向かったのは、六浦から海浜に沿って南下する道が十三峠と呼ばれるほどの難所つづきであったことと、鶴岡《つるがおか》八幡宮に詣でたついでにしばし瞑想《めいそう》に耽《ふけ》りたかったからだ。

瞑想したところで、宗像との対決を回避する良い思案など浮かばず、宗像の払捨刀を破る手だてもみつからなかった。

迷いを捨てきれぬまま、二泊目は鎌倉で宿をとった。そして、一睡もできずに翌朝、靄《もや》に包まれた名越《なごし》切通をたどって、文字どおり、峻険《しゅんけん》で狭隘《きょうあい》な「難越《なこし》」の道をひたすら浦賀まで突きすすんできた。

浦賀は言うまでもなく、江戸湊への出入口として築かれた船の関所である。奉行所が下田《しもだ》から移転してきたのは八代将軍吉宗《よしむね》の治世下、江戸湊へ出入りする船舶はすべて船番所《ふなばんしょ》にて改められることとなった。

浦賀奉行の手足となって船改めをおこなうのは、百軒を数える廻船問屋の番頭や手代たちだ。廻船問屋はいずれも、綿作の肥料となる干鰯《ほしか》を西国に売ることで財をなした者たちだった。湊の突端にある燈明堂の維持費などもすべて賄《まかな》っている。

会津《あいづ》藩によって築かれた台場《だいば》には、鋼の大筒が備えてあった。

四年前の夏、ふいに来航した米国商船モリソン号に向けて、大筒は獅子吼《ししく》している。

異国船打払令に基づく措置であったが、この砲撃がのちに「蛮社《ばんしゃ》の獄」と呼ばれる蘭学者糾弾の発端となった。このとき、水野忠邦のもとで蘭学者たちの捕縛に血道をあげたのが、目付の鳥居耀蔵にほかならない。

水野忠邦も鳥居耀蔵も、蔵人介が浦賀にいることを知らなかった。

宗像理左衛門を斬れば、ふたりを救うことにも繋がるのだ。

もちろん、ふたりを生かすために宗像を斬るのではない。

幕府の秩序を脅かす重罪人として、処断するのである。

橘の意図も、そういうことだ。

――情を捨て、淡々と役目を全うせよ。

聞き飽きた台詞が耳に甦ってくる。

が、やはり、一抹の躊躇を拭いされなかった。

宗像は何ら罪を犯していない。

身命を賭して幕府に仕えてきた忠臣なのである。

朋輩だった者の無念を晴らすべく、一線を踏みこえたにすぎない。

的に掛けようとした相手が、たまさか権力の中枢にあるだけのことだ。

むしろ、断罪されるべきは、みずからの出世と引換えに配下を裏切った水野忠邦なのではないか。あるいは、水野の走狗となって優れた者たちを平気で罠に陥れる鳥居耀蔵こそ、斬るべき佞臣ではないのか。

許されるのなら、そうしたかった。

だが、禄を食《は》む幕臣であるかぎり、得手勝手な行動をとるわけにはいかない。

蔵人介は気持ちの整理がつかぬまま、台場の高みへ重い足を引きずっていった。

やがて、海原は沈む夕陽を映して燃えあがった。

沖をすすむ樽廻船も、桟橋に繋留された漁船の群れも、紅蓮《ぐれん》の炎に包まれたかのようだ。

周囲は薄暗くなり、冷たい海風が頬に吹きつけてきた。

それでも、蔵人介は去りがたく、いつまでも項垂《うなだ》れたままでいた。

遅くなってから宿をとり、床に就いても眠ることはできなかった。

翌朝、宿の外へ出てみると、道は桜の花びらに埋めつくされていた。

奉行所へ向かう途中には野面が広がっており、左右一面に菜の花が咲いている。

そう言えば、菜の花を何処かで見掛けた。

おもいだした。

水野家の中屋敷を訪ねたとき、客間の床の間に飾ってあったのだ。

宗像が神林忠八郎を見舞うために携えたと聞いたが、まさか、赴任先の野面から摘んでいったのではあるまい。

道端でしばらく休んでいると、向かう正面から人影がひとつ近づいてきた。

肩幅の広い堂々とした体軀、宗像理左衛門にまちがいない。

おたがいに歩みより、五間ほどの間合いで足を止める。

宗像は悲しげに微笑み、語りかけてきた。

「昨晩は眠れたのか」

「お気づきだったのですか」

「旅籠はさほど多くない。一風変わった侍が宿場にはいれば、誰かしらが報せにくる」

「御着任早々にもかかわらず、お見事な采配にござりますな」

「誰が奉行になろうと変わりはせぬ。かりにわしが死んでも、同じいとなみがつづくだけのこと」

宗像は自嘲し、ほっと溜息を吐いた。

「それにしても、まさか、おぬしが差しむけられるとはな」

「犯した罪を、おみとめになられますか」

「みとめよう。されど、私怨でやったのではない。信のおけぬ人物が幕政の舵を握るべきではないのだ。水野越前守が生きておっては、世のためにならぬ。わしは、ああした佞臣を葬るのは、崇高な使命とおもうておる」

「崇高な使命とやらのために、山田周平は死にましてござる」

宗像は顔を曇らせた。

「悲惨な最期であったとか」

「無数の鉛弾を浴びて蜂の巣のようになり、それがしの目のまえで屍骸となりました」

「そうであったか。ならば、わしもいずれ報いを受けねばなるまい」

「今ここで腹を切ると仰せなら、介錯を承りましょう。おそらく、幸恵と市之進もそれを望むかと」

宗像は薄く笑い、人が変わったように眸子を剝いた。

「いいや、わしはまだ死ぬわけにいかぬ。水野越前守を、この手で葬るまではな」

「往生際の悪いことを仰る」

「周平が寛永寺の爆破で失敗《しくじ》ったとき、おぬしも参道におったことを聞いた。そのときにおもったのじゃ。ひょっとしたら、おぬしがわしを阻む砦になるやもしれぬと。浦賀へ赴任するまえに、おぬしとの申しあいを望んだのも、今日という日が来ることを予見していたからかもしれぬ」

「勝つための方策を探るためであったと、そう仰るのか」

「さよう。そして、わしは確信した。勝てるとな」

宗像は五体に殺気を放ち、刀の柄に手を添える。

「おぬしを斬れば、幸恵は悲しもう。されど、大儀《たいぎ》のためなら致し方あるまい」

「そのおことば、そっくりそのまま、お返し申しあげる」

「抜きの速さは幕臣随一と評されるおぬしじゃが、要は抜かせねばよいと、わしはおもうておる。しかも、抜かせてしまえば、おぬしの負けじゃ。居合は鞘《さや》の内で勝負をつけるものじゃからな」

宗像のことばは矛盾しているようでいて、じつは正鵠《せいこく》を射ている。

抜き際の一撃で勝負をつける以外に勝ち目はないと、蔵人介も感じていた。

「されば、まいるぞ」

宗像は、ずらりと本身《ほんみ》を抜きはなつ。

下段青眼に構え、爪先を躙りよせてきた。

真剣となると、あきらかに迫力がちがう。

しかも、おのが身を一カ所に留めおかぬ先日の動きではない。

宗像は両腕をぎゅっと絞り、刀身を頭上へ直立させた。

浅く握った左拳は、額のあたりにある。

正面以外はすべて後ろ、極端に視野の狭い構えだが、居合にはすこぶる強い。

こちらが抜けば、すぐさま斬りおとしで押さえこみ、勢いのまま懐中に飛びこんで腹を刺しにくる。

それゆえ「胎内刀」とも呼ばれている必殺技の構えだ。

肌寒いにもかかわらず、蔵人介の額に汗が滲《にじ》んでくる。

相手の強さが肌でわかるのだ。

このような体験は稀にもない。

宗像はあきらかに、先日と戦法を変えてきた。

伝書にある「鍔元にて円を描くがごとく」という動きではない。

正面の的を逃がさぬ直線の移動、しかも、不気味なほど静かな身のこなしだった。

まずいな。

死に神の跫音が、ひたひたと近づいてくる。

蔵人介は、蛇に睨まれた蛙も同然であった。

しかし、座して死を待つわけにはいかぬ。かならずや生き残るという執念がなければ、勝ち目はない。

あらゆる情を捨てさり、ここは一か八かの手段に打ってでるしかなかった。

「ねや……っ」
ずんと、宗像が迫ってくる。
巌《いわお》のようだ。
直立する白刃が何倍にも膨らんでみえる。
——ぶん。
刃音が唸った。
抜かねばならぬ。
もはや、本能でしかない。
ぴんと、指で目釘を弾いた。
——ひゅん。
白刃が閃く。
ただし、抜いたのは、本身ではない。
長い柄に仕込んだ八寸の刃であった。
「なにっ」
宗像の吐息が鼻面をなめる。
——ずさっ。

宗像の斬りおとした切っ先が、地に突きささった。
と同時に、八寸の仕込み刃は、宗像の喉笛を裂いていた。
勝負は無情、鞘離れの瞬間にどちらかが刀下の鬼とならねばならぬ。
――ぶしゅっ。
夥《おびただ》しい返り血を顔に浴びても、蔵人介は微動もできない。
宗像はゆっくりと、袖が触れるほど近くに倒れていった。
土を嚙んだ横顔は、満足げに笑っているようにもみえる。
蔵人介は肩を落として佇んだまま、顔を気怠《けだる》そうに持ちあげた。
黄金色の野面が、そよ風にさわさわ揺れている。
勝つには勝った。
されど。
「……こ、これが」
まことに、為さねばならぬことであったのか。
ぎりっと、潰れるほど奥歯を嚙んだ。
蔵人介の顔は、血達磨の鬼と化していた。

十二

数日後。

高力弾正は中奥から去った。鷹狩りの差配で失敗《しくじ》ったことの責めを受け、自邸にて蟄居《ちっきょ》の命を下された。目付筋の調べが再開されたようなので、近いうちに御手許金を着服した件も露見するであろう。

「そうなれば、まちがいなく斬首でござりましょうな」

串部は溜飲《りゅういん》を下げたような顔をする。

蔵人介は橘右近から、あるものを託されていた。

それを串部に持たせ、本所松倉町の湯屋へやってきた。

「およしと申す老婆に、お告げになるのですか」

「さて、どういたすか」

およしはまだ、周平の死を知らない。

死を間近で見届けた者として、自分が報せるべきだとおもい、鬱々としながらも訪れたのである。

「まだら惚《ぼ》けで、ことばも忘れてしまったようですし、告げてもわからぬかもしれませんよ」

告げるとすれば、急の病で亡くなったと言うしかあるまい。

就任したばかりの浦賀奉行についても、死因は病とされた。

そのほうが八方丸く収まると、重臣たちは考えているのだ。

幸恵や市之進は唐突な叔父の死を訝《いぶか》しみつつも、病で死んだものは仕方ないとあきらめてくれたようだった。

遺体は浦賀にて荼毘《だび》に付され、検屍する者とていなかった。

密命のことを知らぬ幸恵には、最初から告げるつもりはない。

市之進は密命のことを知っているので、告げるべきかもしれぬ。

されど、今は勇気が出なかった。

「詮方ありますまい。時が経つのを待つしかござらぬ」

すべての事情を知る串部は、しきりに慰めようとする。

そうした気遣いすら、今の蔵人介には鬱陶しかった。

「されば、まいろうか」

「はっ」

主従は暖簾を振りわけ、湯屋の敷居をまたいだ。

番台にはいつもどおり、およしがちょこんと座っている。

ひとり残された老婆のからだは小さく、哀れなほどに弱々しかった。

だが、ふたりに元気な声を掛けてくる者がある。

「また来たね。おっちゃんたち、そんなに湯が好きなのかい」

勘助だ。

煤だらけの顔で、洟水を垂らしている。

精一杯笑ってみせる勘助こそが、希望の光におもわれた。

蔵人介は串部に命じ、丁寧に折りたたんだ真紅の陣羽織を取りださせる。

「勘助よ」

「何だい」

「お婆さまに、よくよくお伝えしてくれ。これはな、千代田城の上様が周平にくださった褒美のお品だ」

先々回の鷹狩りの道中、家慶は周平が機転を利かせて献上した桜湯を呑み、渇いた喉を潤すことができた。下々のことなど気にも掛けぬ家慶が、めずらしくも「褒美を取らす」と言った自分のことばを忘れず、そのとき鷹狩りで身に着けていた陣羽織を橘右近に預けたのだ。

橘は「本来は渡すべきでないものだが」と断りつつ、蔵人介に託してくれた。

「へえ、そいつはすげえや」

勘助は手渡された陣羽織を眺め、番台のほうへ持っていく。

脱衣場や二階部屋に屯《たむろ》していた連中も、はなしを聞きつけて集まってきた。

蔵人介が、みなにも聞こえるように声を張る。

「おことばもある。『御膳所で湯を沸かす者たちのおかげで、みなが暖かい気分で過ごすことができる』と、上様は仰ったそうだ」

誰もが目を丸くして驚いた。

「上様からお褒めのおことばをいただくなどと、そんなことは一生に一度あるかないかの出来事じゃぞ」

「奇蹟じゃ、奇蹟じゃ」

客たちが騒ぎたてるなか、ふと、およしをみやれば、陣羽織を胸に抱きしめ、愛おしげに頬ずりをしていた。

「……か、かたじけのう存じます」

はっきりとした声で礼を述べる。

孫が褒められたことを、心底から喜んでいるのだ。

三年前、息子の周一郎は無念腹を切り、嫁もあとを追うように逝った。

先祖代々守ってきた山田家は改易となり、爾来《じらい》、生きる望みを失った。

望みばかりか、ことばも失い、生ける屍《しかばね》のごとくなりはてた。

老いたりとはいえ、武家に生まれた女である。

誇りを持って生きたいと願う気持ちが、熾火《おきび》のように残っていたのかもしれない。

孫のおこないが公方に褒められたのを知り、およしは誇りを取りもどしたのだ。

勘助が眸子を輝かす。

「婆さまが喋った。みなの衆、聞いてくれ。ほら、喋らぬはずの婆さまが、喋りおったぞ」

「おお」

およしをよく知る客たちは驚き、感極まった串部は口をへの字に曲げた。

蔵人介は声を張る。

「周平どのは立派であったぞ。上様御下賜の陣羽織は、湯屋だけでなく、町の家宝に相違あるまい」

褒めれば褒めるほど、虚しい気持ちにとらわれてしまう。

「かたじけのう存じます、かたじけのう存じます」

およしは陣羽織を胸に抱き、感謝のことばを繰りかえした。

暖簾を振りわけて外へ出れば、真っ青な空が広がっている。

「周平よ、聞こえるか。この歓声が」

蔵人介はしみじみとつぶやき、湯屋を背にして歩きだした。

光文社文庫

文庫書下ろし／長編時代小説

不《ふ》忠《ちゅう》 鬼役《おにやく》 二十一

著者 坂《さか》岡《おか》真《しん》

2017年4月20日 初版1刷発行

発行者 鈴木広和
印刷 萩原印刷
製本 ナショナル製本

発行所 株式会社 光文社
〒112-8011 東京都文京区音羽1-16-6
電話 (03)5395-8149 編集部
8116 書籍販売部
8125 業務部

落丁本・乱丁本は業務部にご連絡くだされば、お取替えいたします。

ISBN978-4-334-77460-8 Printed in Japan

組版 萩原印刷

キリトリ線

鬼役メモ

画・坂岡 真

※ページ内側にあるキリトリ線で切って、備忘録にお使い下さい。

鬼役メモ

※ページ内側にあるキリトリ線で切って、備忘録にお使い下さい。

キリトリ線

キリトリ線

鬼役メモ

画・坂岡 真

※ページ内側にあるキリトリ線で切って、備忘録にお使い下さい。